東野鉄道《とうやてつどう》

中嶋敬彦

作品社

東《とう》野《や》鉄《てつ》道《どう》

装画＝著者

その細い簡易舗装路は青黒い灌木に挟まれて、どこまでもまっすぐだった。遥か北西に蟠《わだかま》る山並の麓まで辿りつけそうな気がする。

けさも八時近く、簡単に若布で味噌汁を作ってしまってから、今日は塵芥《ごみ》を出す日と思いついてトシははちきれそうな大きなポリ袋の口を固く縛り、外に出た。

九月も半ばを過ぎ、風に乱されない静かな朝のひろがりを冷たく感じる。ふと、袋を提げる右手に小さな痺れを覚えて、見ると人差指の関節がちょっと黒く内出血している。袋を結ぶとき、あまりにきつく締めすぎたためであろう。門前の砂利道がすぐ小さな田にぶつかるのを左に折れ、ゆるい坂を少し登るのにもビニールサンダルをつっかけた足に軽いもつれを感じ、今日はどうも調子がよくないと思った。

舗装されているもののどこかちぐはぐな四辻に出る。歩いてきた砂利道も加えれば、五叉路と言うべきだろうか。辻の手前角にはもう白いポリ袋の山ができていて、トシはできるだけ身をかがめないようにして手にした袋をそこに置いた。へたにしゃがみなどすると立ち上がるときの腰の痛みがたまらない。そのくせ、医師がリューマチかどうか確証がないと言いつつも作ってくれたコルセットを、今日も面倒で外していた。

塵芥の山の脇に紅いもの――、早くもひともとの彼岸花だ。前方、北西の野に伸びてゆく路はそしてどこまでもまっすぐである。まだ薄青い空の果てに蟠る那須山の麓まで遥かに辿りつけそうな気がする。

大正七年に開かれて――トシの生れた三年後だ――、昭和四十三年には廃された、これは東野鉄道の軌道敷跡である。今は遊歩道となって人と自転車しか通れない。トシの立つ背後、南に向ってはそのまま大田原市の旧市街に突っ込んで、やがて東、黒《くろ》羽《ばね》の方に曲り消えてゆくのだが――。

それにしても真向う那須の山、けさはひときわ鮮やかに見える。正面は山塊が一段陥ちこんでできた台形の右肩、その鼻筋がよく伸びている。

今は昭和五十六年。生れ故郷の那須に移り住んでもう二年半にもなろうというのに、トシはまた、ああ、那須に戻ってきた、という思いを新たにするのだった。その思いにはしかし深い感慨がこめられているというより、若い頃から、いや、子供の頃から馴染んできた憂鬱のほうが染みこんでいる。生きる意味の無さといった憂鬱。今は——昭和五十六年。大正四年、この近くの村の医家に生れたトシは今六十六歳になる。生きて幸せなのか不幸せなのか判然としないしこりはそして今に消えない。そんなことを気にできるほどあなたは幸せで暇なのよ、とよく時々の友に皮肉られたっけ……。

きびすを返し、砂利道をまたそろそろと下る。その道と遊歩道のなす鋭い三角形のところにできた田の稲はすでに黄変しはじめている。その遊歩道側、生垣の裏にそって処々に吹きでる芒《すすき》は銀褐色の花穂を開きながら、葉はなお青い。

生垣のすぐの切れ目、一本だけ聳えたっている檜葉《ひば》の樹冠はいつものように青黒く膨れて、巨大な錘《つむ》のようだ。

その蔭から自転車の列が飛びだしてきた。それを待っていたように反対側からも自転車の連なりはやってきて、遊歩道の上は擦れちがう二群れの車輪できらめく。自転車の荷台や籠にはてんでに黒い鞄が積まれている。

学生服の一団は一様に左、郊外を目ざし、セーラー服の一群は逆に右、市央に向う。大田原女子高と男子高とは互いに市の真反対に距てられているからである。

若いっていいな、思わず羨みかけ、小豆色の薄手のセーターの上に羽織った黒いカーディガンの前を合わせて苦笑した。高校生を若いと言うのもなんだかそぐわないし、今更若い人の若さを妬むのもどこかおかしい――。

砂利道を下りきり、右に入る路地、左右に三軒ずつ新築の家が並ぶ。その左一番手前、クリーム色のモルタルの二階屋が年寄ったトシ夫婦の住いだった。角直ぐの石門、幼い檜葉や柘植《つげ》などに縁取られた、車がやっと納るコンクリートの通路、表庭にある玄関から家に入る。

夫の正《ただし》は台所の脇の居間で朝食を始めようとしていた。八時きっかりに食べずにはすまないのである。

自分でもう飯と味噌汁をよそい、しかしトシが食卓に出しておいた納豆とか朝鮮漬けには目もくれないで、しきりにチーズを皿に切り出している。八つ違い、明治四十年生れ、白髪のかかる眼鏡から鷲鼻の突き出た険しい顔をうつむけて、力をこめてチーズの塊りを削るその肩にたくましい膨らみがあり、これでは夫は目と耳と血圧の不調をかこちながらも、順番どおり先に逝ってくれずに、孤り後に残ってしまうのではないだろうか、トシはまたぞろ心配になる。

郵便はがき

料金受取人払郵便

麹町支店承認

8043

差出有効期間
平成30年12月
9日まで

切手を貼らずに
お出しください

102-8790

102

［受取人］
東京都千代田区
飯田橋2－7－4
株式会社 作品社
営業部読者係 行

【書籍ご購入お申し込み欄】

お問い合わせ 作品社営業部
TEL 03(3262)9753／FAX 03(3262)9757

小社へ直接ご注文の場合は、このはがきでお申し込み下さい。宅急便でご自宅までお届けいたします。送料は冊数に関係なく300円（ただしご購入の金額が1500円以上の場合は無料）、手数料は一律230円です。お申し込みから一週間前後で宅配いたします。書籍代金（税込）、送料、手数料は、お届け時にお支払い下さい。

書名	定価　　円	冊
書名	定価　　円	冊
書名	定価　　円	冊
お名前　　TEL（　　）		
ご住所 〒		

フリガナ
お名前

男・女　　　　歳

ご住所
〒

Ｅメール
アドレス

ご職業

ご購入図書名

●本書をお求めになった書店名

●ご購読の新聞・雑誌名

●本書を何でお知りになりましたか。

イ　店頭で

ロ　友人・知人の推薦

ハ　広告をみて（　　　　　　　）

ニ　書評・紹介記事をみて（　　　　　　　）

ホ　その他（　　　　　　　）

●本書についてのご感想をお聞かせください。

ご購入ありがとうございました。このカードによる皆様のご意見は、今後の出版の貴重な資料として生かしていきたいと存じます。また、ご記入いただいたご住所、Ｅメールアドレスに、小社の出版物のご案内をさしあげることがあります。上記以外の目的で、お客様の個人情報を使用することはありません。

夫の背にする出窓からあの舗道の黒い巨きな木が見える。

自分も和卓の向いに坐り、味噌汁に朝鮮漬けで軽い盛り一杯の飯を食欲のない胃に苦労して押しこんだ。

夫は時間をたっぷりかけてチーズの山を平らげると、トシがいつか近くの山里の名もない窯から土産に買ってきた茶色の大湯呑に自分で烏龍茶をいっぱいに注いで飲み——トシは緑茶のほうがいい——、それからやおら立ち上り、両手に汁椀や皿を分け持つと丸木橋を渡るかのように左右のバランスを取りながら台所に行く。そうして自分の食器を流しの水に沈めるだけなのだが、それでもトシには助かる。何年か前まで、つまり私大の法学の教授で七十の停年を迎えるまでは、それすらしてくれなかったのだから。


トシが二人分の食器を洗い、洗濯機を廻しながら掃除機を台所、居間、玄関、自分の部屋、とかけていると、正は書斎からグレイのコートを着て現われた。

「銀行にいってくるからな。そろそろちょっと下ろさんと。新聞屋にも廻るからな」

もともと法学も労働法の教授時代は学生からライオンと渾名されるくらいの大きな

地声にもってきて、近年やや耳が遠くなったことからそれに勢いがつき、聴くほうは耳を塞ぎたくなるほどだ。

正は娘から一本、息子から一本贈られたりで何本か持っているステッキの一本を突きながら庭を出てゆく。ガラス戸越しに居間から見る足取りは、上体がやや左右に振れながらもその揺らぎを一つひとつ丁寧に受けとめ踏みしめていく感じで、むしろしっかりとたくましい。一時の病気はどこへやらといった感じだ。小柄ながら肩幅が広く、腰まわりも部厚いその姿は、いったん砂利道の向いの家の蔭に消えてから、すぐに遊歩道の生垣の切れ目に現われて街に向うのだった。

「右目がほとんど見えねえんだ。どうもしょうがねえ。ま、死ぬまでのことだから片目で十分だがね」、こう言い言いしている顔をまっすぐに向けて、ステッキを振り出してはゆっくりと、しかし確実な足の運びで檜葉の巨木の蔭に入っていく。

トシは洗った下着やタオルを夫の書斎の外にある物干し竿に掛けると、もう息切れがして、そのまま自分の部屋、書斎の手前の和室でベッドに横になった。

腰と頸とが痛むのはもとからだが、朝ポリ袋をゆわえたときの指の痛みに加えて、今物干しのため爪先立ったときに足指の付根の肉厚の部分に沿って違和感があり、引越しテープでも踏んづけたかと思って見ると何もなく、その何か貼りついた感じのもどかしさの内に焦れるような疼きが脈うちだしていた。

横臥して眼鏡をかけ、夫が既にスクラップするために朱線の囲みをいくつも入れた新聞を明るい障子にかざしてもみたが――夫は取っているこの新聞とは別に地元紙を毎日店で買ってくる――気乗りせず、テレビ欄を覗いただけでやめ、うつらうつらすることにした。


少し眠ったようだった。

浅い眠りの底から障子明かりのなかに浮きあがりつつ、自分の上にある顔を、この頃不思議とひんぱんに夢に見るようになった生母の顔かと思い、瞬間胸には甘酸っぱさがひろがる。微かな怯えのまじった甘美さ。かつて生母をほんとうに母として慕ったこともないはずなのに。

――じっと見下ろしているのは夫だった。こっちが目を開いたのに気づかないのだろうか、老眼鏡のレンズいっぱいの目がまばたきもしない。

「起きたのか」、ようやく言って、トシの目の前に何かを差しだした。新しい体温計であった。

きのう古いのが水銀切れして、直さねばとトシが言うのを憶えていて買ってきてくれたものらしい。折にふれて不器用ながら労りを示してくれるようになった夫だが、こんなことは珍しい。このところの妻の弱り様が特に目についたのでもあろう。

夫が箱から出してくれる体温計に手を出すのも億劫で、よほど口で受けとって水銀槽をくわえたかったが、いつものとおり腋に挟んだ。正は満足げに部屋を出ていった。

——腋からとりだす。ありふれた平型の、今までのよりやや小ぶりの澄んだガラス管を水銀はとおって、微熱を示していた。

体温計を箱にしまいがてらなんとなく説明書を見ると、下のほうにこんなことが書いてある。

「口中で誤って水銀槽を割った場合は……水銀を水で充分洗い出し、牛乳や卵白などを飲んだのち、処置は医師にご相談ください」

ベッドに横臥したまま見られるように半間の床の間に嵌めこんだテレビ、その台の上に検温器の箱を置いた。

——またトシは思いだす。この頃なにかにつけて子供の時分のことを思いだすようになった心は、思いだす。水銀を飲んだら云々、というきっかけを逃さない。

——トシが八歳にもなっていたであろうか。生家の医院の横手裏、側溝となる小川を渡ってすぐにある小学校、その三年生の頃か。

継母はどこかへ出かけるらしい。近所の髪結を呼んで、髷を結うべく癖直しをしてもらっている。継母のフクは縮れ毛だった。

髪結はフクの後ろに跪《ひざまず》き、小さな瀬戸引きの金盥に熱湯を入れたのに、手拭三分の一ぐらいの布を浸しては、フクの梳《す》き乱れた髪の小波立つ部分を力をこめて摩擦する。

鏡台を覗くともなくやや前屈みになった継母のはだけた襟元から、首から肩へかけてのぽってりと白い肌が露わになっている。丸顔で唇の厚い、必ずしも美しいとはいえない顔だが、その肌理《きめ》細《こま》かにむっちりとした体は暖かそうだ。

トシはもうこの頃、誰かに聞かされて、これが本当の母親ではないことを知っていた。一つ下の妹、その下の二人の弟たちはそのふくよかな体に抱きつつまれるのに、トシは膝に載せられたことさえない。それをあたりまえと絶えず自分に言いきかせてきている。髪結のなすがままにまかせて微かに揺らぎつづける継母の丸い肩の白さはトシの目を吸い寄せながら近づくことを拒んでいた。

突然、激しい泣き声が、裏の居間から聴こえてきた。泣き声というより叫びに近い。下の方の、幼いが腕白の弟だ。

母親は立ち上る。髪を後ろに流した横顔を不思議に据え、裏の部屋にゆく。トシもついてゆく。果して下の弟が卓の傍に立ったまま口を大きく開いて泣いている。よだれが出ている。畳に透明な瓶がころがっていた。

フクは物も言わず、驚いて集ってきた女中たちの間を割って台所へゆき——、戻ってくる。お椀と卵を持っている。朱い椀にその大きな卵を割ると、「呑みな。おいしいよ」、なだめるように静かに言って、子の口に椀を傾けた。

まだ三つの弟は揮発油を飲んだのだった。医師である父の稲麻《とうま》がトシたち子供に時々、甘味の強い無色の液体、風邪薬を飲ませてくれたのを、弟はそれと間違えて卓に出ていた揮発油を飲んだのである。

とっさに生卵を割って呑ませた母の慌てず騒がずの行動を継子はじっと見守っていて、ひそかに驚いていた。その顔色は変っているのに、挙措はしっかりとして静かだった。そこにかえって我子を助けようとする必死さのあることがトシには痛いほど分った。

自分もああされてみたいなあ、と強く思った……。

――しかしこの揮発油事件のずっと前、物心ついた四、五歳の頃にはもうトシは諦めを知っていたと思う。まだ母が継母とはつゆ思わぬ時分だけれど。

いつも一歳下の妹マツは父の膝の上に、弟たちは母の膝の上に抱かれるのに、なぜわたしだけは両親のいずれにも抱き取られないのかと、心淋しく眺めていたのである。そしてそのことでなぜこんな淋しい気持ちになるのかは分らなかった。しかしただそんなとき、わたしの方が歳が上だからと諦めていた。諦めるように努めていた。

――卵といえば――、大きな台所の板の間に大勢揃って食事をするとき、その片隅に隣り合わせに座るトシと妹のマツに、母はいつも卵一つを分けて半分ずつ御飯にかけてくれるのだが、必ず、妹には黄身の方を、トシには白身の方をくれるのだった。黄身にまみれる妹の御飯はいかにもおいしそうだった。それは変だ、わたしにも黄身をちょうだい、と抗議はしかし思いつきもしなかった。

これも、わたしの方が大きいから――、と自分に言いきかせるだけだった。

そんなこんなで何時の間にか夕方になるとシクシクとひとり泣く子になっていた。そのときは、例えば抱いてもらえないからとか、黄身が食べられないからといった具体的なことが頭に浮かんでくるのではなくて、ただ漠とした悲しみが胸にこみあげてくるのだった。

このメソメソは今に続いている。

廊下の襖をあけて、また夫が入ってきた。

小振りの片手鍋を持っている。

「これを食え。熱いから気をつけろよ」

夫は床の間の反対側にベッドに着けて据えられている大きな和卓手前、紅く四角い厚織の鍋敷きにそれを置いた。一緒に持ってきた大きなスプーンを取っ手に掛ける。

「冷めないうちに食えよ。食わなきゃ、処置なし」

もう一度念を押して、出ていった。

そろそろ起きて昼御飯にしなければ、と思っていたところであった。しかしこの頃はだいたい昼はパンと夫は決めていた。朝はパン、昼は御飯だったのが、いつのまにか逆になったのである。夫がパンを切り、何か好きに用意するものへ、ちょっと手を添えてやれば済む昼食であった。

そういえば、いつもより少し早目に夫が台所で何かやっているとは気づいていたが、それがこの片手鍋というわけだ。

蓋を開けてみると、お粥だった。

小振りの器の嵩高《かさだか》に米の膨れあがる真中に、大きな卵がのっている。やや煮すぎて、大きな黄身もうっすらと白い皮をかぶっている——。

こうして晩年に向って午前の一刻をうつらうつらできることのなかに、かえって自分のとりたてて幸せでもなく、またとりたてて不幸でもない、いわばありふれた歪みかたをした生の不如意が浮きだしてくるかのようだった。

大田原からちょっと南に入った湯《ゆ》津《づ》上《かみ》村の医家に大正四年、トシは生れた——ことになっている。実母は父と離別、東京に去る。トシの上には歳の離れた兄と姉がいたが、その全てを残して。すぐにフクが後釜に入る。その腹には既に子が、トシの一歳下になる妹がいた。次々と弟たちができる。

小学六年の夏、トシだけが実母の許、東京は池袋にやられ、実母の養女ということになった。母は本来が父の居た病院の看護婦だったが、池袋で産婆に転じて成功し、その産院は流行っていた。そこでトシは女学校も出、やがて二十二で、母の薦める帝大出の法学士、正と結婚し、娘、そして息子と二児を儲ける。この息子を産むか産まぬかに、夫は勤める研究所から軍属として戦局も傾きだした南方に飛んだ。母子三人は那須の里に疎開する。終戦、しばらくして夫は還り、一家四人は今度は神奈川の逗子に移る。夫は私大の法学の教授になっていて仕事に没頭し、妻子をあまり顧みず、トシはほとんど独力で二人の子供を育てた。

自分の子供時代を思って二人の子供には心の限りの愛を注いだつもりだった。娘の方は出版社の編集者になり結婚して落ちついた。相手は凄腕で鳴らし、しかし誠実さでも名高い編集長だった。息子の方は小さな大学のドイツ語教師になったが、無器用なくせに、祖父の血を継いだのかやたら女に近づきごたごたが絶えず、それを心配して夫は定年まぢか、教壇で倒れた。幸い回転性眩暈にとどまって暫くの入院ののち回復したが、以前の元気は戻らなかった。退職後、その病気再発を慮って、今は異母兄弟や従兄弟の多くが医者となっている那須に移住しようという提案に、遠く山口県の海辺に育った夫はすんなり同意したのだった。しかし那須の家建築に際して、請け負った業者が食わせ者で不正を重ね、それを斡旋した兄弟と気まずくなる。すったもんだの挙句、なんとか家も建った。

晩年の心のよりどころ、身のよりどころを自らの故郷とはいえ異母兄弟の間に求めて、かえって溝を深め、行き来がなくなった。

それもあってかこの頃になって夫は、不器用ながら折にふれ優しさを示してくれるようになった……。

翌日の午後のことである。

今日もきのうとさして変らず身体は重かったが、昼食の後ちょっと横になったきり、あとは卓に座ってトシは習字をした。父の稲麻《とうま》は書をよくした。トシも嫌いではなくて前からやっていて、師範の資格もとっている。ここ何年かは中断していたが、この地に移って小学校時代の友だち、大金テルと再会してから彼女の伝《つて》で、湯津上村役場のすぐ傍にいる書道家からまた改めて教えをうけるようになったのである。と言っても、初心にかえってお手本をもらって、自宅で書いて適当に持っていき見てもらうという方式である。

「常懐千歳憂」とトシは書く。常に千歳《せんざい》の憂《うれ》ひを懐《いだ》く……。

きっちりした端正な字を書くと誉められるのだが、トシは実際真底自分から満足したことはなくて、だめだわ、だめだわ、と思いながら根を詰めて、その緊張にやっと安らぎらしきものを見出しているのだった。

障子の外には曇り日がある。夫は隣室で午睡のはずだが、電気もつけっぱなしのようだ。ちょっとした翳りでも、暗い、見えないとこぼすのであった。トシは逆にちょっとぐらい暗くても平気で、夜風呂に入る場合もよく電気をつけ忘れるぐらいである。ただ夜中に目覚めて急に淋しさを感じたときには、矢も楯もたまらず天井の蛍光灯から下った紐を引く。

背後の襖が開くと、昼寝のはずの夫の顔があった。

「横にならんのか」

険しい調子で言う。

何をまた怒っているの、とトシは黙ったまま、見るからに不機嫌そうな夫の顔を見詰めかえした。

「くそ！　碁の本が顔に落ちやがった。目に当ったんだ。冷やさんとな」

そういえば顔全体が紅潮している。眠らずにベッドにあおむけになって碁の本を見ていたらしい。正はかつて勤めていた私立大学の教員の碁の大会で優勝したこともあるのである。

白髪は総毛立って、顔を紅くして怒っている様子は、しかしなんだかおかしくて、トシは微かな笑いをこらえて卓に手を突き立ち上った。

「来んでもいい。自分でやる」

言いながら夫はトシが廊下の向いにある洗面所に入ってゆくのに任せた。

きれいなタオルを出して水に濡らして絞ってから、夫を押すようにしてその部屋に連れてゆき、寝かせ、目蓋の上に載せてやった。左目が赤く充血していて、目蓋もちょっと腫れている。トシはまた洗面台にとってかえし、金盥に水を張って、台所の冷蔵庫から氷を取ってきて入れ、ナイト・テーブルに持っていくと、タオルを絞りなおしてやった。

「いいから、後はおれがやる」

苛らだっている正はそんなトシの手を払うようにしてタオルを受けとり、自分で目に押しあてた。しばらく様子を見ることにしてトシは自室に戻り、習字を続けた。おかしいやら、腹立たしいやら、ちょっと心配やらで、それを押し殺し、押しのけるようにして「常懐千歳憂」と書き続ける。

夕食には正は起き出してきて、いつものように五時半きっかりに食べ始めた。トシが簡単に考えていた目の腫れはちっとも引かず、その赤い目にかぶさる赤い目蓋をじゃまそうにしながら、黙って焼き魚をつついた。あれほど好きで滅多なことでは止めないウィスキーの水割りの晩酌を今日はやらないという。もちろん食卓傍のテレビもつけない。

正の座って背にする側の出窓からは曇り日のこととて、まだ秋になったばかりなのに、秋深い夕べの陽の沈み果てた後のような暗い空があった。遊歩道のあの大きな檜葉が巨大な炭殻のように見える。

夫は食後またすぐに寝た。

トシは、市の東の外れに住む従弟の茂に電話をした。父稲麻の弟、つまりやはり医師の叔父の跡取り息子で、今異母兄弟と齟齬のあるトシ達を何かと庇って心配してくれる。何よりも今の二人の主治医であった。

トシは夫の目の腫れの引かないことを言った。

「心配ないよ。今晩中に眼科に電話しといてやっから。あした一番に行けばいいよ」

やや高い、しかし深い響きのある声が言ってくれて、トシはひとまず安心した。

台所で食器を洗う。台所はもう少し寒くなっている。しかしヒーターを入れるのはまだ大袈裟だ。こんな時である、それまで居た暖かい逗子を離れて那須にやってきたことに、ふと後悔の影がさすのは。深夜電気の熱湯をほとばしらせて、そんな迷いを洗い流す。

仕方がなかったのだ。夫が定年間近になって教壇で倒れたのだから。今までこれといった病気をしたことのない夫であったが、特に息子の女に絡む愚行のためにその心労たるやひととおりでなかった。

息子は潔癖な父に似て誠実、というよりはひどく無器用、そのくせ祖父の血も立派に流れていて女好き、やたら手を出しては失敗つづき、たまさかどうにかなっても付き合い方がでたらめでゴタゴタが絶えなかった。幸い夫は脳出血までには至らず回転性眩暈にとどまって、しばらくの入院ののち改善したが、以前の並はずれた元気は戻らない。退職後、病気再発の危険を慮って、トシの異母兄弟や従兄弟が皆医師となっている那須を頼ったわけだった――。

夫は元来仕事熱心で妻子を顧みずというところがあり、子育て、その他家のことはほとんどトシ一人の手に任されてきたと言ってよい。そういうことで学者としての一徹さを守ってきた。そして研究、原稿書き、大学の業務など仕事以外は酒に浸るのだった。

それが晩年に妻の故里に移る段になって、自分の病気を思うこともないわけではないだろうが、それだけではなくて、自らの幼い日々の記憶を選ぶよりは、妻の記憶のほうを選んでくれたふしがあった。――夫の以前の冷たいとも言える暴君ぶりの底にもしかし、どこか清らかな思いやりの潜んでいないわけではないことだけはトシも信じてきたのであった。それがあるからこそ泣きながらもついてきたのだ……。

湯で洗って温かくなっている食器を拭くうち、トシは自分の目の裏に何か赤いものが動きだしているのに気づいた。夫の目が赤く腫れたことから、自分の記憶も薄赤く染められたのにちがいない。

うさぎの記憶である。その像は今までも折にふれてふとした瞬間に浮かび上ってくる、恐らくトシの思い出すかぎりで最も古いものだ。

赤いもの——うさぎ。それはしかしうさぎの目の赤さではない。また、耳の赤さでもない。子うさぎの体の赤さである。

トシがもう三つになっていたと思う。湯津上村の、弟が現在継いでいる家はまだなくて、その近くの古びた大きな家にトシたちは住んでいた。その長い板塀だけは黒くきれいに塗られていた。その傍の囲いにうさぎは飼われていた。

番《つがい》のうさぎに子どもができたところだ。母うさぎの腹に子うさぎはもぐるようにしている。この、黒い塀と真白い親うさぎと、生れてまもない子うさぎの赤さが、六十六歳になった現在もトシの記憶に鮮明に焼きついていて消えないのである。

——目の裏の子うさぎの赤い体に見入っていると、またいつものように耳の奥に、キシキシと鳴る下駄の音が聞こえてくる。砂利まじりの硬い土を気忙しく歩く下駄の音。

するとうさぎたちの像は消えていって、かわりにトシの目の裏一面に夜が広がってゆく。その闇の底にランプの明りが浮かびあがり、下駄の音にあわせて小さく揺らぐ。

湯津上村の今の家が建てられて完成まぢかというときに、継母は上の弟の出産に当った。それも、もうすぐ出来あがる新築中の家で産みたいと願ったのだった。

生れたと知らせがきて、あわてて、旧《もと》の家に同居していた、父の従姉タネ、つまりトシの祖母の妹、従祖母テツの娘のタネ、が夜道を歩いてさして遠くない新居に盥を運んだ。その背中に、ねんねこ半纏に包まれて、トシは乗っていたのである。

闇のなかにほの白く新築の二階建ての屋根が見えてくる。天守閣とはいわないまでも出丸ぐらいの感じのある巨きな家の屋根は、滅多なことでは瓦を使わないこの土地の質素さを表して、銀色のトタンであった。

皮を剝いた木の門柱はもう出来ていて、そこからタネが入ろうとすると、誰かに呼びとめられた。女であった。「こんなにされちったんですよ」とか、女は低い声で訴えてから、ヒソヒソ声でしきりに話しかける。タネのほうも今までのあわてようもどこへやら、ヒソヒソ応じている。

下からのランプの光にあおられ、負われたトシの鼻先にある女の髪の毛がズタズタに切られ、毟られているのが分った。

後になって知ったことだが、その女は間男して亭主に髪をさんざんに切られ外に逃げだしたところでタネに出くわしたのであった。

旧い家に引きつづいて、この新しい家も、父、継母、父の妹、父の弟、祖父、祖母の妹、その娘など、それに先妻の子三人、つまりトシと、その上の年の離れた兄と姉、そして継母の子、つまり一つ下の妹マツ、更にはここで生れた弟、やがてその下に弟と妹一人ずつが加わり、――そして絶えず看護婦に女中が三、四人共に住んで、一つ屋根に十数人を数えることになった。

幼いトシは主に祖父や、当時はもう亡くなっていた祖母の妹テツなどに父親がわり、母親がわりをしてもらっていたのである。

年の離れた実の兄や姉は、継母の目を憚ってか、幼いトシにあまりかまわず、トシの小学校低学年の頃には中学や女学校の寄宿舎に入ってふだんほとんど顔を合わせなくなった。

大きな体が玄関に立っている。

背の高いのが、昔のようにもうほっそりとはしていないで肉がつき、高い筒といった重厚さがある。

禿げあがった頭頂からして小麦色に陽焼けしていて、そこに向けて鬢から短く刈られた白髪が這いのぼってゆき、健康な頭皮にまぎれてゆく。大きな眼。大きな鼻。笑った唇から金歯の光がこぼれる。

従弟の茂はその父親、つまりトシの父の弟、叔父の面影をよく伝えていたが、それよりもトシの父の父、つまり祖父により似ていると言えた。

特におテツばあさんが亡くなってからは、トシはこの祖父にやさしく見守られたのだった。この祖父、兼吉《かねきち》に酷似する従弟とは子供時代、またそれ以後も必ずしもよく親しんだというわけではないが――トシは湯津上村にいて、やがて早く東京に出、茂は叔父が大田原に医師として独立してから生れ、そこに育ったから――、今また年寄ってここに再会してみると、記憶のなかのやさしかった祖父、兼吉を媒介して、胸の底から親しみがこみあげてくるのである。

夫は先からグレイの背広を着て玄関の式台に立って待っていたのが、もう靴をはきにかかっている。トシは紺のハーフコートをまとって、大きなハンドバッグを確認すると、自分の眼鏡を入れ忘れているのに気づいて、部屋から取ってくる。外に出た正が何かどなっている。じれったがっているのだ。

トシはあわてて出て、もどかしく鍵を閉めた。そのつど鍵を廻す方向が逆であるような気がする。玄関は南に面していて、東に居間兼食堂、西にトシの部屋、正の部屋と振り分けている。トシと娘の設計である。玄関から門まで弓なりに打ったコンクリートを硬く感じる。居間の前、塀際の植込みの手前に夫の作った小鳥の餌台がある。パンくずやら果物やらを絶やさずにやって雀やヒワや尾長が来るのを楽しみにしている夫だが、このところ、鳥が来てもどうもよく見えない、とこぼしていた。きのうの晩、けさと餌をやり忘れて、台の上の透明なプラスティックの器にはほとんど何も入っていない。

傷ついた目だけでなく、むしろ右目のほうをよく見てもらわねばとトシは思う。

庭の東隅、くすみはじめたもみじの前の大きな石燈籠、上等なものではないが砂岩でできた素朴なもので大きい。これはトシが庭の殺風景なのをなんとかしようと、それに配する石三つと合わせて買ったのを、夫は思いがけず、俺になんの相談もなく、とむかっ腹を立てたものであった。

君は自分がやりたいと思ったことに歯止めのできぬ女だ、などと大袈裟に言い、目を三角にしてどなったっけ。家のことはなんでも人任せできたのに。それに、あれを買ってくれ、これを買ってくれ、などと今まで甘えてねだったことが一度だってありますか、とも言ってやりたくなったが、放っておいた。なんだか悲しかったが、燈籠と石に苔などついてそれなりの風情がでてきて、そろそろ、こんな場合の常として、なかなかいいじゃないか、などと前のことをすっかり忘れて言いだす夫のはずであるが、今回はまだ何も言わない。

石燈籠は灰色の大きな笠を目深かにかしげている。

門の外には大きな灰緑の車がもう今にも出そうにしている。重いドアを開けて、後部座席の右に座っていらいら顔の夫の横にトシは身を倒しこんだ。いかにも車体が鉄でできていることを思わせる車。ボルボだった。

茂は車を出した。この大きな車で彼は細い路地も器用に走り抜けて往診したりするのだ。朝早い今、市の東外れの自分の医院での診療前のせわしいところを、市央の若い友人のやっている眼科に老夫婦を運んでくれるのだった。

「いつもはできねえが、今日はちょっと余裕あんだ」

ぶっきらぼうに言う底にゆったりとした暖かさがある。トシの目の前、やや年取った感のあるものの、すっと伸びた首筋に、父や叔父や、そして祖父の面影が綯《な》い交ぜになるのだった。

こうして親類のなかで行き来があるのは、故里に戻った挙句が今はこの茂と、それから質屋の省三だけなのである。

つい二、三年前までは、そう、幼い日々からこの老境に至るまで、異母兄弟間に心の奥底ではそれなりの反発が秘められてきたであろうけれど、表立っては目に見える確執は全くといっていいほどなかったと思う。むしろ折にふれて助けあうことも少くなかった。こっちが疎開で世話になれば、むこうの甥や姪が受験などで東京に出てくるとちょっと世話をするとか――。だからこそ、夫が老いて病気になり医者の異母兄弟を頼る――トシの実の兄も医師になったが戦争前に若くして外地で死んだ――という表立った理由の底に、それを越えて何はともあれ幼い日々を共にした近しい者と故里とを心頼みにする気持ちがあったのである。

それが皮肉にも今の家建築の際のトラブルで一挙に関係が壊れてしまった。

異母兄弟の斡旋した業者が食わせ者で、それとの争いがそのまま異母兄弟との軋轢になり、さすがに夫も協力、もちまえの法律家としての力を発揮して業者の不正を全て暴き、事は収まったものの、親族間に溝は残った。

それかあらぬか、今大きな体で器用に大きな車を操る従弟の首筋に、父よりも、叔父よりも、やはりなんといっても親代りの愛を注いでくれた祖父の影をトシの目は探りがちである。

車は旧東野鉄道大田原駅の今は大きなスーパーになっている脇に出、市の中央通りに並行するやや広い通りから、中央通りと黒羽街道の交叉点近く、つまり旧市街の中心近くの路地に入り、中央通りに抜け出ようとするところで停った。

左に瀟洒な白い石造りの建物があり、それが目当ての眼科であった。

茂は、話は通じているからと二人を下ろし、自分の医院へ急ぎ戻っていった。

九時開院ということで九時前に来たわけだが、入ったところの白を基調にした清潔な広い待合室はもうだいぶ人で埋っていた。スリッパにはきかえたところにソファーが四つあり、その奥が畳敷きになっていて、ほとんどが老人の患者たちは多く畳を領している。

人中を特に嫌う正はもうむずかしい顔をして、ソファーの空いている端に腰を下ろし、なお少し余地のあるところに座るようトシを促した。

しばらくそうしていると、夫の傍の襟に手拭いを掛けている老婆が見咎めて、まだ閉っている窓口にあるノートに名前を書くように教えてくれた。初診ではあるし、従弟からの話も通っているはずと思ったが、トシは立って、言われたように夫の名前をノートに記入した。開いているページの下のほうだ。

やがて大きな受付けの水色のカーテンが、そして窓ガラスが開いた。トシが保険証を持ってそこに向おうとすると、その右の診察室のドアが開いて洒落たローズ色の制服を着た看護婦が出てきて、「海市《かいし》正さん。お入りください」と呼んだ。

「おっ?! 俺か?!」

正は大きな声で言って立ち上がり、さっさと診察室に入っていく。トシは身をすくめるようにして後を追った。

さっきノートに来た順を書くよう教えてくれた老婆の顔に怪訝そうな、不満そうな表情が浮かんでいたと思う。

こんな便宜をはかってくれる従弟にただ感謝していればいいのだと自分に言いきかせるが、後ろめたさも抑えがたい。

――継子の境涯っていうけれど、田舎の特権階級の名にも値しない、どうということもないながらそれなりの階層に属する、その限りでのささやかな不幸じゃないか、自分のことは棚にあげて人の批判ばかりしている、身がってな息子のそんな声も耳に蘇る。

診察室はさながら夜のように暗くしてあり、広い。いったん開けると開け放しにするらしい入口に近く、これも大きな医師が、小さな回転椅子を押しひしぐように座っており、にこやかに正をその前の椅子に招いた。

「右目は見えないし、左目は腫らすで、処置なしですわ」

座るなりそう言い、トシはそんな夫に代って、色白で肉づきのよい、いかにも頼もしそうな顔のまだわずかにあどけなさの残る笑みに向い礼をのべた。意外なほど若い医師である。トシも促されて夫の脇の椅子に座った。ふっとその手から、「お預かりします」と、一人の看護婦が保険証を持っていった。

トシが少し説明を加えようとする前に、夫は妻相手には滅多に見せない快活ともいえる調子で更に目の状態を話し、その目をもう医師は覗きこんでいた。質問に夫が的確に答えているとて、これでは通訳はいらない、トシは外で待つことにした。ドアは依然として開いたままになっている。待合室のもとのソファーに戻る。

そこからはしかし夫は陰になり、むしろ診察室の奥が見えた。天井から大きな無影灯が下がり、その下に寝台がある。次に名を呼ばれた老人は直接そこに行って横たわり、白い光の環《わ》に首をさらす。それに看護婦が目薬をさす。静かな光輝をめぐるその無言劇に見入ろうとするトシの耳に、また夫の大きな声が飛びこんでくる。

「右目はもう諦めとったんですがね。手術で治りますか、百パーセント。そうですか！」

トシは視線を手元に引き、周りを見た。待合室の白い清潔さ、それは寒々しいというのではなくて、逆に和やかなものがある。夫に付き添ってきたこととて、自分の体が痛い、寒い、などとは言っていられない、そんな気の張りがなんとか今の自分の支えになっていると思う。

——あしたはそろそろ雨になるだろう……。

ビニール張りのソファーに浅く沈む腰がそんな感じを伝えている。また診察室の内を見やると、夫は看護婦に手をとられて奥によちよち歩いてゆく。もう空いた寝台、それはいつの間にか椅子状になっていて、夫が腰かけるとゆっくり倒れていき平らになる。夫の首は無影灯の真下に青白く輝いて置かれた。その上に白い腕がさしだされ、目薬がさされ、眼帯がされる。

トシはほっとする。——と、また息子の皮肉な言葉が耳奥に蘇る。

——継子の境涯っていうけれど、田舎のちょっとした階層の多少恵まれた内での、悲劇の名に値しない悲劇じゃないか……。

トシがたまに昔をなつかしがって、田舎の家は何でも村一番だったのよ、などと言おうものなら。

——電灯が入るのも、ラジオが入るのも一番先、鰻だって鮭だって、いちどきにどっと買って食べきれないでね、とにかくあなたのおじいさんは何でも新しがりで気前がよかったから。

——じゃあ、お母さんは自分の父親をちっとも恨んでなんかいないんだ。逆に自分の境遇を含めて、田舎のちょっとした階層の歪んだ有様を肯定してるんじゃないか。

——ともあれ、よくおねしょをしたものだった。
五、六歳のころ、トシの心の支えになってくれた祖父の兼吉。毎夜いっしょに寝てくれた。今思えば、早めに男やもめになったこともあるのであろう。とにかく毎夜のようにトシはおねしょをして敷布団を濡らし、そしてついでに祖父の寝巻や股引を濡らしたことだった。
トシを不憫に思えばこそだろう、嫌がらず、愛情をこめて夜な夜な暖めてくれた祖父。

端の小部屋。煙草の香り。長煙管の小さな火皿のなかの赤い火の熱さ、暖かさ。枕元の煙草盆はお米を計ったり、お酒を計ったりの四角い大きな升だった。その中に深い瀬戸の火入れと細長い竹筒が収っていた。灰吹きだったろう。

布団を潜っていって祖父の股引から出ている足首に足で触れる。老人の皮膚は乾いていて、すべすべと滑らかで、柔らかな張りが——暖い。

その足をなんでおしっこで濡らすようなことをしたのだろう。

大きな濡れ跡のある敷布団を祖父は毎日のように陽に干してくれた。それも冬日では完全には乾かない。生ま乾きの布団を今夜も、翌日の夜も敷いて寝るのである。

トシが小学校に入学してほどなく腹違いの一つ下の妹マツと一緒に寝るようになるまで、この祖父の添い寝は続けられた。

継母はおねしょについて決して口に出してトシを叱ったことはない。

妹と一つ布団に寝るようになっても、しかしおねしょは直らなかった。小学生になって少し恥かしさを覚えたのか、ずるくなったのか、おねしょをすると妹に頼んで、妹がおねしょをしたように敷布団をくるりと回して、妹が寝ていた側に濡れ跡を変えたものだった。しかし継母は決して自分の娘マツがやったとは思っていなかったであろう。祖父と寝たときからの常習犯はトシであり、布団を回してその場を繕ったとて何の役にもたたぬということ。そのときのトシはそれが分らなかった。

――そうだ。このころ日暮時がいちばん悲しかった。

皆で夕飯というときになってトシは急におしっこがしたくなった。便所が台所からだと大きな部屋を三つ抜けるか、それを巡る廊下を行くかと隔っているので、トシは手っとり早く直ぐの部屋から玄関を通り、前庭に出、そこでいけないと考えて、前庭の奥の端に向った。その途中でこらえきれなくなってしゃがみ、おしっこをした。

――終えて、おしっこの流れ入る目の前の穴を見ると、何か動いている。弟たちの五月の節句に鯉のぼりを立てた穴を完全に埋めていなくて、そこに落ちたらしい一匹の青蛙が外に出ようともがいているのだった。穴の深さの半分までくると、土の柔らかくなっているところへトシの小水もあって、またずるっと落ちてしまう。蛇、毛虫、蛙など怖くて手で触れることもできなかったトシは、かわいそうと思いつつも穴からつまみあげてやれない。

むなしくもがく蛙を見ながら夕闇のなかでトシはいつまでもメソメソと泣いていた。

祖父の呼ぶ声がしてやっと我にかえった。

とにかく昔の田舎なので、布の鯉のぼりではなく紙で造られた大きな鯉のぼりが十ちかくと、白い布に鍾馗様や武者人形を画いたのぼりが十数本、広い庭いっぱいに立ったものだった……。


「ああ、えらかった。左目は角膜に傷がついただけらしいや。目薬さしときゃいいんだとさ。窓口で目薬もらえって。問題は右目だがね、もう手術することに決めてきたぞ。あと十日ほど先だ。十月に入るか」

どういう意味なのかニヤニヤ笑いながら出てきた正はトシの傍らに腰を下ろし、項を拳で打った。

「百パーセント成功するそうだがね。俺はもう見えても見えんでもかまわんのだ」

「見えるにこしたことはないじゃありませんか」

トシはなんだか沈んだ声を出してしまった。

「で、入院はどのくらいかかるんですか？」

「一週間か十日だそうだよ。次の診察のとき詳しい説明があるんだ」

「海市さん」

受付横の薬局のほうから呼ばれた。


鮎は全部で十尾あった。

はつかな緑と銀がすべらかに膨らみ、形のよいものばかりである。鮎を入れる専用の化粧箱は菓子箱に似ているが、それを代用したものではなくて、内にビニールが張ってある。十尾の鮎はかき氷にまみれて揃い、間から何枚か笹の葉まで突きでている。

「わたし、自分で捕ってきたんですから、遠慮なく召上ってください」

夕方の忙しいとき市央の城山寄りにある質屋の店を妻に任せて出てきたのであろうに、省三は珍しく居間に上ってくれて、何かにつけての心こもった贈物に恐縮するトシに向って、鮎は自分で釣ったのだからと繰りかえすのだった。

省三は鮎釣りの名人であるのは知っているが、この忙しい時期に釣りでもなく、またこんな箱入りときては、見え透いた嘘である。勿論そこからは純粋な善意しか透けてこない。慈しみを施すのにこんな無器用な言いわけしかできない。

省三はその体つきも心も、両親を足して正確に二で割ったようだった。一代で栃木県北一の質屋を築いた父親の角張った顔の輪郭に、母親のふっくらした頬がついている。その中背は小柄な父親とおおほどかな大柄の母親の間だった。いつも猫背ぎみにして静かに話す母親、それはトシの父の妹、つまり叔母のマス。省三はトシにとって茂と同年の従弟である。

背広をきちんと着て、あいかわらず正座を崩さない。門の外に停めた車から玄関までの間に濡れた雫が肩のあたりに散っている。今日はずっと雨であった。

「きのう茂さんから海市さんが目医者に行かれて、そのうち入院だと聞いたもんですから、きのう伺おうと思ったんですけど、つい忙しかったもんで今日になって失礼しました。海市さん、おかげんいかがですか」

祖父たちに並んで、もう一人、トシを見守ってくれたのは叔母のマスで、彼女はトシの成人してからもまた静かな愛を注ぎつづけてくれた。マスは十年ほど前に亡くなり、その連れあいもしばらくして後を追ったが、そんな昔の縁が絶たれた後にも、息子の省三は持ちまえの誠実さでトシに接しつづけ、特にトシ達が近くに移り住んできてからというものは、前にも増して深い気持ちを見せるのだった。

——この省三も、もうすぐ六十だという。

夕食前だからと憚られたがトシはお茶に、前日買っておいた柚羊羹を少し出した。この部屋の庭に面した窓側の隅、正のいつも座るテレビの前には花紋様のプリントされたブリキの米櫃があって、その中には一週間にもならぬ前に省三が宇都宮のおみやげだといってくれた洒落た菓子類、マロングラッセとかマドレーヌとかが老夫婦二人だけではまだ食べきれずに残っていたけれど。

「御心配でしょうけれど、茂さん、海市さんは他がすっかり丈夫になられて、血圧もうまくいっているから、なんの心配もないと言ってました。心臓など、実にしっかりしてるそうです」

「どうなんだか知らないけど、でも、そうらしいんですよ。なんだか心配していると、やたらに元気で、それでかえって心配になって。こっちが先に逝っちゃうんじゃないかって」

お行儀悪いと思いながら膝を崩して足を左に流し、右足のもう厚いソックスをはいた爪先をさらに左手でつかんで温めながら、既に取りわけた羊羹を右手だけでプラスチックの楊枝を使ってさらに小さく口に入るように切った。ちょっと力が入って、小さな桃色の剣は折れてしまい、また別の空色のと取りかえた。そういえばこの剣形のピックは昭和三十年にもならぬころ、逗子で懇意だった近所の医師の夫人がくれたものであった。

あのころはこんなものも珍しくて、ひどく洒落たものに思ったものだ。医師夫妻はほどなく横浜に大きな病院を建てて引っ越してしまった。

「あっ、折れましたね」

そんなふうに言って、省三も羊羹をていねいに切って食べはじめた。

省三もその両親も、甘いものが好きであった。過去どんな瞬間にその大田原の家を訪うても、例えば戦後、子供を連れて故里に行っての帰りに寄っても、質店の帳場の横の大きなブリキ缶には生菓子や干菓子がたくさん貯えてあった。餡ドーナツなどもよくあって、トシの娘も息子もそれに目がなかった。

「わたしはもともと糖尿じゃないかと思ってるんですよ」

柚の香りのなかから抑えられた甘味が顔を出すのを口中に感じながら、ふと甘える気持ちになった。

「茂さん、そんなことないって言ってました」

「わたしはもうどうなってもいいんですけどね」

「そんなことありません。大丈夫ですよ。トシさんの眉は長いですから」

「わたし、あなたのお母さんによく似ているのよ。叔母さんはずいぶん大きな人で、わたしはこんなに小さいけれど、体の弱いところがそっくり。叔母さんはお家が呉服屋さんから質屋さんに変る間、ずっと叔父さんを助けて、あの弱いのによくやったわねえ。いつもあそこが痛い、ここが痛いって言いながら。しょっちゅう手足に内出血の黒なじみ作ってね、それでわがままなわたしを精一杯かわいがってくれたのよ。あなたが生れてからも、我が子をしっかり育てながらね」

「そうですね」とも「そうですか」とも聞こえるあいまいな語尾で今度は応じた。

叔母は最後は癌で逝った。その最後のところをトシは逗子から出てきて少し看病できたが、それでもあの叔母の深い恩は何分の一も返せていないと心残りであった。かてて加えて、その息子の省三には今も世話になりっぱなしで、特に最近も彼の口ききで近くの禅寺の新しく開いた墓地の一番日当りのいいところを手にいれて、トシはほっとしたところであった。

「こう心細くなってくると、申しわけない、悪いと思いながら、ついあなたにすがってしまうからねえ……。まあ、あなたのお母さん、お乳が出なくて、乳腺炎で、おじいさんがよく大田原に来て、あなたに重湯をあげたって言ってて、わたしも湯津上で同じおじいさんの重湯で育ったんだから、わたしたち乳兄弟ならぬ重湯兄弟ってわけね、十歳ちがいの。だからつい甘えてしまうの。お許しください」

「そんなこと。わたし、何もしてませんよ。でも、トシさんには二人、立派なお子さんがいるじゃありませんか」

「子供たちは子供たちだから、あてにはできませんよ。かえって心配で、苦労しただけで、それでどう感謝されているのか分らないし、この歳で、ほんと、子供の気持なんか分らない。ま、今度の海市の手術には二人とも来てくれるって言ってますけどね」

「うちなんか夫婦二人きりで、子供がありませんからつまりません。いくら残しても張り合いがないし、淋しいです」

幼いころの省三の今とちっとも変らない優しい目をした、コロ坊主の姿をトシは思い浮かべて、あんな子供がこの従弟に生れていたらと、たわいないことを考えた。省三にもそれなりの悩みはあるらしい。

リュウという名の柴犬を彼は飼いはじめていた。まだ子犬でトシがいくとしきりにじゃれつき、杭に鎖を絡ませてしまって、しかしそれを逆回りして自分で解ける利口さがあった。

リュウちゃん、元気？　などと聞きたくなったが、トシは口をつぐんだ。

廊下からスリッパを引き摺る音がして、正が現われた。遅い午睡から醒めたのだ。両の目を細めて、特に手術する方の右目はほとんどつぶっているのか、蛍光灯を浴びているこっちを暫く黙って見ている。省三がしきりに頭を下げているのを知覚しているのか、いないのか、何かとんでもない空白を凝視して、その空虚の謎を解こうとしているみたいで、気味が悪い。

「あなた、省三さんじゃありませんか。また来てくださって、こんなに鮎をたくさん」

トシは声を張り上げて呼びかけた。

「おっ、どうもいけねえや、目がすっかりだめでね。ま、どうでもいいんだが、手術だって言いやがる」

「あなたは自分のことばっかりなんですから。省三さんが鮎くださったんですよ」

「あっ、どうも、鮎か、すまんですなあ」

いつもなら何と言われても、「おお！」とか、「ほう！」とか照れ隠しの声を発するだけ、「どうも」などとはまず言わない夫だったが、なんだか初めてといっていいぐらいに感謝を表した。

初めて強度の眩暈で倒れたときも、見舞の誰彼に対して「すまんですなあ」の一言もなかったのだから、珍しいことであった。

「よし、俺が焼くか。目の手術の直後は魚でも脂気のあるものはいかんと言われたからな。今のうちに食っておくとしようか」

正は部屋に入ると卓から鮎の箱を捧げ持ち、顔をもっていき押しあてるようにして魚を閲《けみ》した。

「半分は空揚げにしましょう」

トシが言うと、省三は暇を告げた。門前に停めた車までの距離だから傘はいらないと言うのをトシは制して、夫の黒い大傘を差しかけて共に外に出た。小止みなく白く細い雨は降りつづいている。逆に省三がトシに傘を差しかけることになってしまう。体をきっちり折りまげて挨拶してから白っぽい小型車に乗りこみ、彼は帰っていった。

田の黄変しかかった稲がしとど雨を含んでいる。あの檜葉の巨木は黒く膨れあがっている。その背後の藪も暗く沈み、芒もそこに紛れがちで、ただ一点、ひともと小振りのハゼノキだけが強い紅葉の兆しとして、黄とも薄紅とも決めかねる光を放ちはじめていた。その奥のほうに、藪の端の檜葉に呼応するように聳え立ち、そして上にいくほど樹冠を開いてゆくのは、やはり黄ばみはじめたケヤキである。

台所ではもう正がガスレンジのグリルのところに鮎を入れて焼きはじめていた。余りの鮎をトシは空揚げにする。レンジ基部の火めくガラス窓をまた目を細めて覗きこんでいる夫の白髪頭を気遣いながら、トシはテンプラ鍋に油を入れてコンロにかけた。鮎には薄く片栗粉をまぶす。

「あなた、頭があぶないですよ。後はわたしがやりますから」

トシは夫を居間に追いやった。

「焼くのと油と一緒だとあぶないぞ」

「気をつけます」

油の熱せられるのを見る。褐色の液体は内側から次第に光輪のような波紋を浮きあがらせてくる。まるでケヤキの葉の逆さまに降りしきるように。

――湯津上村の家の門を右に出ると、その右側はすぐ田になるが、左側には雑貨屋があり、その隣りが大きな農家になっていた。

道は右の田の中へ分け入るのと、その大きな農家を左に巻いてゆくのとに枝分れするのだが、どっちを行っても半里ほどで街道に出て、そこを左すればやがて丘を越えて大田原にゆく。

農家の角、道の消えるところに大きなケヤキがあった。とにかく木の周囲が大人の一抱えもあるであろう、竹林やその他雑木に抜きんでて峙《そばだ》ち、あたりの空いっぱいを樹冠は塞いでいた。そして落葉ともなるとその空から褐色の花吹雪ならぬ葉吹雪が降りしきった。極めて小さい褐色の葉がとめどなく湧き出、吹き流れるのである。

大田原の婚家に帰るとてこのケヤキの下を曲るとき、叔母のマスは振りかえってくれた。そこで必ず振りかえってくれることになっていたから。

父の二人いるうち上の妹、省三の母、マスは、おテツばあさんと祖父がトシの寝起きの世話をしてくれるのに並んで、トシの肌に強くではないがそっと優しく触れる、それもよしんば手で触れたにしてもまるで暖かな気体に包まれるような、そんな仕方でいとおしんでくれた。

静かな人であった。

まだ会ったこともない実母や、そして継母とも叔母はほぼ同い年ということだった。母を欠くトシにとってマスは言わば母の姿に最も近い存在のはずであったが、父をそのまま母にしたような大柄な彼女の白い柔らかな肌からは何か母を超えたようなものが放射していたと思う。勿論そこから継母、兄嫁に対する彼女の遠慮というものを差し引いたにしてもである。

トシが小学校に入ってから暫くして叔母のそっと手渡してくれたものの一つ。青い布地に白の花模様のある丸い財布。そんなものを憶えている。

この叔母が湯津上から大田原へお嫁に行ったのはいつだったろうか。小学校以前のことには違いない。年も月も憶えていないが良い季節だった。

——おテツばあさんの娘の例のタネにトシは背負われていたであろうか。それとも叔母の妹に負われていたであろうか。いずれにせよトシはねんねこ半纏を着せられてはいなかった。

ただでさえ大柄なのに文金高島田に角隠し、叔母の周りよりも頭一つ大きい身がすっぽり人力車の幌の中に隠れてしまったとき、トシは負われた背中で思いきり大声をあげて泣き、手足をばたばたさせて、背負い紐で結ばれていなかったら落ちて怪我をしていたかもしれなかった。

その叔母が時折り里帰りしてまた大田原へ帰るときは、トシはまず南側の玄関で見送る。それから玄関の間を走り抜け、それに並行する北側の部屋に飛びこみ、北側の廊下のガラス戸に鼻を押しあて、叔母がそこからはかなり離れた表の道に現われるのを待つ。叔母は雑貨屋の前に現われて、そしてケヤキの角までくると必ず一度振りかえる。

――そして叔母の姿は見えなくなり、きまってトシはシクシク泣きだす。優しい人との別れがその都度いやに淋しく悲しかった。

このケヤキが四季の変化を見せてくれる。ただ叔母とのさよならとケヤキの結びつきが、その落葉期に集約されて心に残ったものであろう。そのうち叔母と別れるときにのみ泣くのではなくて、その木の毎年繰りかえされる落葉のときを通じて、同じ場所で同じ景色を眺めて、同じ淋しさ、人恋しさで泣くようになってしまった。

――そしてそれ以後、落葉一般に涙ぐむようになってしまった……。

二、三日ぐずついてやっと晴れあがった日、昼食を済ませてすぐ、トシは旧東野鉄道跡の遊歩道を南に歩いていって、元大田原駅跡にあるスーパーの裏から東野バスに乗り、湯津上村の南奥に向った。バスはすいていて、右の前のほうにトシは座り、書きあげた習字を膝にのせた。

南の市街を出ると道はしっかりした舗装路で変りないのに人家はたちまちなくなって、田畑と林の狭間をだいぶ曲折する。

久しぶりの晴れ間に合わせたように今日は体が割に楽である。

バスは農業用水路の傍らに沈んでからいきなり浮上して小さな峠にさしかかる。峠の上はまた畑が開け、その背後に林の連なりを見る。

——この峠である。戦中、戦後、トシたちの湯津上村に疎開していたころ木炭自動車が登れなかったのは。乗客は皆降りて、空のバスのあえぐ傍らを歩いたものだった。そのどさくさに警察が地から湧くように現われて闇米の取締りがあったりした。

——そのずっと前、ずっとずっと前、それならあのトテ馬車は果してこの坂を登ったであろうか。どうにか登ったにちがいないが、客が下りて押したりしたかどうか、記憶がはっきりしない。トシが家のすぐ裏の小学校に入学した頃、大正十年前後、大きな箱に車輪が四つ付いたのを一頭の馬が引き、客を運んでいた。馭者が一人いてトテトテとラッパを吹いて、この道を大田原まで一日に一往復ぐらいしていたと思う。着飾ってこれに乗った記憶はある。家から街道まで歩き、その出しなの大きな神社の前で馬車を待った。しかし果してこの坂でどうなったのか全く憶えていないのだ。

当時ふだんは村の家から大田原まで通して歩いたものであった。

祖父に連れられて、妹のマツと一緒にテクテク歩いて、町で医院を開業しだした叔父の家と、そして叔母のマスの婚家——当時はともに城山の近くにあった——を目指すのである。

村道から街道に出るまでが一仕事、出端の向いに大きな神社の石段がそそり立っていた。

そこからまたずっと歩きづめ、だいたい先の見えてきたこの峠で必ず道端に腰を下ろし、休憩となった。祖父は水筒の水を二人に飲ませ、そして握り飯を食べさせた。

マツは父母の愛を受け、より多くの物を与えられて、物の取り合いでも必ず母の味方を得た、それはそうなのだが、反面そのお蔭で屈託のない鷹揚な、素直な娘に育って、概してトシの良き遊び相手でもあった。

トシの実の兄、実の姉は年が離れてもい、兄はとうに町の中学の寄宿舎におり、姉も間もなく女学校の寄宿舎に行ってしまい、共にあまりなじみがなかった。

——マツは二十になるだいぶ前に死んでしまったっけ。宇都宮の女学校からお腹が痛いといって自宅の医院に帰ってきて、父が単なる腹痛と高を括っているうちに盲腸炎は手遅れになっていたという。その頃トシは東京の実母の元で女学校にかよっており、心のつながった妹の死に目にはあえなかった。

峠を下りると道は曲折を失う。ずーっと行くと、左にあの大きな神社がくる。そこの停留所で乗る者も降りる者もなく、バスは行き過ぎる。

神社の高い石段、その向いの細道、そこを入れば村のあの家に辿りつくのだった。幹の細い木々が一丁も立ち並ぶ林を抜ければ視野は急に開けて、田畑の広がりのかなた、あの家の門からすぐの医院部分、その二階のいつからか赤く塗られた屋根が小さく、しかし宙にはっきり浮き出て見えるはずだった。その背後はややあって深く沈み箒川《ほうきがわ》の広い川原、その対岸からまた低い山が隆起するのだけれど、それらはもちろん見えない。

バスのゆく街道は一段と道幅が広がり、立派になる。村の南奥にかかって、何かと遅れていた地域が新しく整備されたからであろう。いや、ここらこそが前から開けていたかも。だって街道だもの……。広い、長い直線路をバスは快適に進む。そしてバスを追い抜く車や対向車はずいぶん飛ばしていて、窓外をブン、ブンという音が絶えない。

道の両側の草地にべったりと紅いのは、今年は異様に目立つ彼岸花である。

バスが小さな家並にさしかかる手前で停ると、トシは降りた。

広い道を渡って、二軒目の石門を入る。

五十坪ほどの庭があって、ややしおれた風情ながらまだ紅や黄や紫のダリアが咲いている。

玄関のガラス戸を開けると、玄関から直ぐの間、大金テルが今しも窓辺の机から立ち上ってくるところであった。大柄の肩の張った体のうえ、いつもの眼鏡をかけた角ばった顔が人なつこそうに笑っている。小学校を通じてテルは組で一番大きくて、きれいな娘であった。テルの女盛りの美しさを小学六年の夏、東京に出たトシは知らず、年取ってこうして再会したわけだが、亭主に先立たれたうえ、乳癌で両の乳房を取られたことで、ちょっと男っぽくなってしまったのだろう。

「阪妻みたいな肩をしている」

一度テルに会ったことのある息子の言葉を思いだしながら、トシは上にあがった。

「筆のほうは書き終ったから、ペン習字のほう見てもらおうと思って書いてたの。もうやめた、やめた。なかなかうまくいかね」

なるほど机の上にはペン習字が出来かかっている。

「あなた、昔から頑張り屋さんだからね」

トシは机とミシンの間を通って、次の居間にとおる。仏壇と卓がある。

「あずき煮といたんだわ。うまかねえんだけど」

「あとでよばれるわ。先に先生のところに行きましょう」

左の台所に入っていこうとする友をトシはとめた。テルは茶を入れてくれた。

次の間は何畳あるのか大きな部屋で、向う隅にベッドがある。ベッドの足のほうの壁に大きな軸が掛っている。

「爲樂當及時……」樂《たの》しみを爲《な》すは當《まさ》に時に及《およ》ぶべし……。

これでもって彼女は初めて段位を取ったのだった。まだ先にもう一つ小部屋がある。

これだけのところにテルは今一人で住んでいるのである。

「蚊なんか入ってもかまやしねえ」と言って、夏は網戸も付けずに開け放してあった廊下のガラス戸はさすがに閉っているが、そこから幾つもの松の盆栽が覗ける。盆栽の間に山かがしがとぐろを巻いているのを今朝は二匹殺してやった、などと、この前に来たときは聞かされたっけ。

茶をすすってから二人は先生の家に向った。明るい茶の着物を着た友は下駄をはいていて、踵の低い靴をはいたトシが並ぶと見上げるようになる。

広い舗道をしばらくゆくと正面を塞ぐのは、これまた大きな神社である。大きな丁字路、そこを右に曲る。と、ちょっと先の左に「湯津上村役場」と矢印のある看板が出ていて、その下に細い路地が切れこんでいる。

そこを入れば灰青のペンキを塗った木造の役場があるはずで、かつてトシが子供連れで里を訪うた際に——その時は戦後十年も経っていた——ここを覗きに来たことがあったが、村長に祭りあげられていた老いた父はあのスマートな長身を、ここらの老いた農夫を見習うように腰で折り曲げて暗い建物の中から出てきたものであった。

「貴公も大きくなったなあ」

もう中学生になっていた息子に向って呼びかけたっけ……。

トシとテルは役場と真反対の、角に中華ソバ屋のあるもっと細い路地を入る。ちょっと行ってサカキの生垣の切れ目を入ると、造りの立派なこぢんまりした家がある。書家の住まいである。

玄関を開けて、ごめんください、とテルが呼ばわったが、暫く待って何のいらえもなく、また呼びかけても、内はしんとして人の気配がない。一応この時間にまいりますと言ってあったが、急に出てしまったらしい。

どうせ作品を渡して、一言二言短評をもらって、あとは書の全国的な同人誌上での段位判定を待つだけだから、二人は広い式台の上にそれぞれ書いたもので大きな茶封筒に入れたのを並べ、できるだけ奥に押しやってから、いっしょに深々と一礼して外に出た。

「のんきな先生だね」

テルは独り言のように言った。

ちょっと道は悪いけど近道しよう、とテルは街道には戻らずにサカキの垣添いにそのまま進んだ。近道といいながら砂利だらけの道をだいぶ歩いて、やっとテルの家の裏方に出た。今日は足はもつれずに運べるのだが、大きな友についていくとしまいにはやはり息があがりそうになる。テルの居間にへたりこみ、しばらく肩で息をしていた。

友は台所にいって何やらやっていたが、大きな白いティーカップに湯気のたつあずきを盛ってきた。盆の上には白菜の漬物も添えてある。トシは遠慮なく甘いあずきを食べた。茶も入れかえてくれた。

「おいしいわ。あなたも食べてよ。悪いじゃない」

「わたしはさっきさんざん食べたの。もういんない」

テルはまた台所から大きな柿を二つもってくるとすぐに剝きだした。

「もうあずきだけでたくさんよ。わたし、そんなに食べられない」

「いいから食べてって。どうせわたし一人じゃ食べきれねえんだから。食べなきゃだめだよ」

「もう食欲がなくってね。こういう好物は別ですけどね。おいしいわ」

「もう一杯おかわりどう？　あずきも残っちゃうと困っから。柿も食べて」

「そうすると夕食が食べられなくなるの。もうだめだわ。——それはそうと、なんだかこのごろよく死んだ実の母の夢を見るの……」

あずきを掬《すく》うスプーンの手をとどめて、添えられたフォークに持ち替え、柿のひとかけを刺して口に入れた。あずきの甘さの残るなかでも、柿は寒天に似た感触の薄甘い部分と刺すように甘い部分とをもっていた。

「どんな夢なの」

「夢のなかでわたしが寝ているとね、ベッドの脇に母が現われるの。わたしが初めて東京の母の元に行った小学六年のときの母のようでもあるし、女学校のときの母みたいだし、戦中に別れて、戦後何年もたって黒羽《くろばね》に帰っていたのを訪ねた頃の老いた母のようでもあるし、とにかく母が闇の中から光の中に出てくるの。なんだかわたしを呼びにきたみたいにね。何もしないでわたしの顔を覗きこむだけなんだけど、でも、わたしの手を取ろうとするようでもあるの。で、わたし、怖くてね、なつかしいんだけど——ほとんどなじめなかった母ですけどね——、なつかしいのに怖いの。で、わたし、怖いよう、お母さん、怖いようって泣くのよ、夢のなかで。どこかに引っぱりこまれるようで、それで泣きわめいているとね、なんだか甘えていられるようないい気持ちにもなるんですけどね。現に生きた母に接してるときは、こんな気持ち一度も抱いたことなかったのにね」

「お母さんがあなたを守ってくれてるのよ、それは。いい夢じゃない。わたしなんて亡くした主人の夢さえみないね。むこうも夢になんか出てこないつもりだかしんないけど」

「そんなことないでしょ」

「いや、出てこない、って言っても、わたし、夢自体見ないかんね。ゲートボールやってってからぐっすり眠っちゃって、夢なんて見ね。で、お母さん、どんなお母さんだったの？　わたしたちもお宅のことは一応知ってても、昔のことはあんまり知んないから。お母さんは看護婦さんでお医者のお父さんと結婚したって話だけど。それで別れたって」

水を向けられてトシは人に聞いた母の昔を、自らの出生を話す気になった。戸籍の記載とは少しずれがあるけれど。

——父の稲麻と母のイシとは大田原にあった田崎病院で、一方は医師、一方は看護婦として共に修業中に知りあった。当時としては珍しい恋愛結婚で、稲麻の湯津上村での開院に時を置かずイシは男児と女児を続けて産んだ。トシの兄、敬《たかし》と姉のチイである。

何でもテキパキやり手の妻にしかし夫はたちまち飽いたらしい。ここで看護婦に入っていたツギに手をつけ、これはすぐに女児を産んだ。タエという。ここで稲麻は村役場の斎藤という男に頼んで秘密裏に妻イシの籍を抜いた。

ところがツギはツギで、稲麻に妻子がいるのに申しわけないと言って自ら身を引き、女児を連れて故里の仙台に帰った。死ぬまでずっと独り身を通したそうだ。仙台には稲麻が送っていった。

このゴタゴタの最中ずっと家を出て黒羽にいたイシは、どういうわけか西那須野駅に来あわせていて――ツギの本当に帰るのを見極めようとでもしたものか――、出てゆく汽車にツギと稲麻が睦まじそうに並んで座っているのを見て腰を抜かし、プラットフォームにへたりこんだということだった。

帰ってきた稲麻は、籍を元に戻すという口約束で、一応イシとの仲は回復した。ここでイシはトシを身籠ったのである。この妊娠期間中に、新たな女が動きだす。もうとっくに舞台に登場していたと言うべきだろう。村の小学校の女教師で、稲麻の長男、トシの実の兄、敬を教えていたが、目を患って、校医でもある父の元に通院していたフク。稲麻はこの知的だが女らしい教師につとに引かれていたのであろう。やがて往診と称してフクの家に入りびたるようになった。

イシはそれを知るとまた家を出て黒羽に行き、どこかの離れの四畳半でトシを産んだのだった。大正三年の夏のことらしい……。

時を置かずイシは生れたばかりの乳児を抱いて東京に出、某男爵家に乳母として入る。トシの生後一ケ月になるかならぬかに、稲麻の弟、あの従弟茂の父親、つまり叔父がトシを湯津上村に連れ帰った。イシの足手まといになることを気遣ってのことである。ここでは母イシの籍が抜かれたままだったので、当然トシの籍もなかった。後妻に入ったフクがあの妹のマツを産んだ時、トシの籍がないとて、トシは稲麻とフクの娘として入籍された。出生は大正四年三月として――。

トシが昭和元年小学六年の夏、今や池袋に産院を開いて成功していた実母の元にやられ、翌二年春「大妻高等女學校」に入る。昭和六年四年生のとき実母の籍で養女となる。翌七年同じ構内の「大妻技藝學校」裁縫高等科に進み、翌八年春卒業した。やがて昭和十二年二十二歳で正と結婚、中野に住み一女一男をもうけた――。

「ふうん、なんだか大変だったんだね。わたしら小学校の頃とか、その後でも、トシちゃんが継子だぐらいしかしんなかったから。多少のことは噂にあったけどさ」

教師――末は校長になった――の娘としてずっと物怖じせずに育ったテルは屈託なげに言う。彼女は亭主を失っても、両の乳房を取られても、娘が稼いで一人暮しになっても平然としてしっかりとさりげなく生きていた。

「トシちゃんはしかし白髪がほとんどないね。全部黒いっていってもいいくらいだ。わたしなんかこんなに白髪混りのパーマしてんのに」

テルは指の長い筋張った手でそっとトシの髪に触れた。

「白髪は見つけしだい抜くことにしてるのよ」

「それにしても黒くて柔らかいね。まだまだだいじょぶだ」

「お馬鹿さんは白髪になりにくいっていうでしょ。だらしなくて、いつもくよくよしている人は……」

生母の話をした後なのに、トシは帰りのバスの中でその母ならぬあの従祖母、テツのことを憶いだしていた。

トシはひよわな子であった。もともと母乳が十分に与えられず、栄養が足りなかったのであろう。何の病気か知らないがとにかく長期間寝ていたことがあった。テルに白髪がないと言われた髪の毛は今でも細く柔らかすぎて困るのだが、子供の頃はいっそう柔らかかった。

——あの時の光景は今でも克明に憶えている。

病みあがりのトシをテツが膝の上に載せて、玄関の間の長火鉢の脇、火箸でトシの髪を少しずつ分け、熱と汗とで粘りついてしまった毛を気長に、たんねんに梳《と》かしてくれたこと——。

毛を強く引っぱられて痛くて泣くと、それを見ていた父が珍しく立って、戸棚から皿にのった黒羊羹を出した。テツはそれを受け取ると——黴びてはいなかったが大分日が経ったらしく角々が罅《ひび》割れていたと思う。幅四、五センチ、長さ十センチぐらいのものであった——その角の固いところから切って、トシの口に入れてくれた。

そう言えばテツの顔つきは、今別れた大金テルのそれに似ていないこともない。しかしやや小柄のひっそりした老婆であった。この従祖母も居候の身だったので、そんな羊羹でもきっと一口ぐらい食べたかったのではないかと今にして思う。

しかしそんな気配をつゆも見せずに、折にふれあくまで献身的に幼いトシを守ってくれたのだった。

――オタバコボン、御煙草盆、という髪を父はよく妹のマツを膝に載せて結ってやっていた。

マツの髪は黒々とつややかだった。それを父の細長い白い指は器用に動いて梳《くしけず》る。その羨しさはきつすぎて純然たる羨しさにとどまりつづけることはできず、まぶしい讃嘆と、いつもの諦めに変じていくのだった。

医師の父と、また教師であった母親に肌近く育てられた妹と、同じ屋根の下で祖父とおテツ婆さんに見守られた自分とは、一つ上なのに知識の点でも大分差のついていることを思い知らされたことがある。

そうだ、今こうしてバスの走ってゆく湯津上村と、そして大田原。或る日トシが、日本は湯津上と大田原だけだと言ったら、妹が、それはちがう、「とうきょう」、東京も日本だとお母ちゃんが教えてくれた、と言ったのだ。その瞬間、目もくらむような恥かしさ、悲しさに襲われたことだった。

大田原から先はもう当時できていた東野鉄道に乗れば、西那須野で東北本線に接続し東京に行けるなどということは、知るよしもなかった。

——あのマツも二十を待たずに、それも父の誤診で死んでいった。そのとき自分は東京にいた——。

——オタバコボンならぬ本当の煙草盆。祖父のあの煙草盆。大きな枡を代用したもの。その中に深い瀬戸の火入れと灰吹きの細長い竹筒、そして煙管。それに皮の煙草入れを枕元に置き、寝る前と目覚めに一服するのがきまりであった。

その頃のこと、祖父とトシが共寝していた端の部屋の隣り、台所脇の部屋には女中三人が寝ていた。夏のこと、二部屋とも蚊帳が吊ってあり、間の襖は開けてあった。

——大声がして、夜中、トシは目覚めた。横の祖父が起きあがり、何かどなっている。

どこかにランプが点いていて、薄闇のなか、祖父は煙管を女中たちの蚊帳めがけて投げつける。煙草入れも力まかせにぶつける。

暗い向うの蚊帳は大きく波打ち、ドタドタと人の走る音がきこえる。祖父は煙草盆も持ちあげたが、それは投げなかった。

時々祖父や父が女中に戸締りをよくするようにと注意するのを聞いていたが、幼いトシには何が何だか分らないでいた。

それが夜這いなのだということはずっと後になって知ったことである。初めて電気が点いたのはトシが十歳ぐらいのことだったであろうか。とてつもない光輝にど肝を抜かれたものであった。得意がり、子供のように喜ぶ父の顔のほうが輝いていたかもしれない――。


無影灯の白い光のなかで白い腕は青い縁取りをもって静かに動き、小さな鋏のきらめきが瞑った夫の目蓋に沿うてゆく。

若い看護婦に睫毛を切られている。

トシは息子と嫁と三人で、午後は誰もいなくなってひっそりしている待合室に立ち、これも静まりかえった診察室のなかを覗きこんでいる。

夫はいよいよこれから手術である。そして今、そのための処置を受けているのだ。きのう入院だった。白内障という、命にかかわる手術ではないのに、何事かの心準備のつもりか、東京に住む娘と浦和の息子夫婦とが来てくれ、息子夫婦の車に五人で乗って、きのうの午後、この白亜の医院の二階の病室にくりこんだ。

待合室の入口すぐの階段を上ると、二階は清潔な廊下の右側に病室が並んで、その中程が正の部屋であった。廊下の左側にはトイレ、リネン室、厨房、そして一部屋おいて二部屋続きの手術室となっている。その先に大きな空色の鉄扉があり、そこを開けると別の階段があり、鍵形に下りると待合室の奥の廊下に出られる。

きのう入院を見届けてから、出版社勤めの娘のほうは帰っていった。編集で忙しいさなか、病院用パジャマ等、父親の入院に必要なものを全て揃え、またその間のトシの食料など山ほど持ってきてくれて助かった。小さな大学のドイツ語教師である息子と、ピアノ教師をしている嫁はまだ暇があって残り、今日を迎えた。

——時間をかけて睫毛を切られた夫は、今度は目の脇に小さな、ほんとうにおもちゃのように小さな注射器で注射を打たれる。

無影灯が消された。

夫はまだしばらくそこにそのまま寝ていなければならないらしい。トシたち三人は待たずに二階に上った。

夫の病室は六畳ほど、中央のベッドに小テーブルとパイプ椅子一つが寄せてある。入口側の壁には小さな洗面台、窓辺には縦長の木製のロッカー、そこに正はきちんと着こんできたグレイの背広を納め、新しいパジャマに着換えたのだった。

安全な手術、入院ということできのうは皆で揃って食事にでかけるといったように和み、娘はそんなきちんとした背広姿の父と母とを並べて、モミジと石燈籠を背景に写真を撮ってくれた。——ここに入ってパジャマに着換えた夫は持ってきた鞄から何を出すかと思えば、法学の学会誌と、この眼科に来るきっかけになったあの碁の本で、大事そうにテーブルの上に揃えて置いたのだった。

パイプ椅子にトシが腰掛け、息子夫婦はベッドの端に並んで腰を下ろした。

手前の息子。茶の上着にセザンヌの絵もどきに赤チョッキなど覗かせ、とても三十半ばを過ぎた男の顔ではない。ただ、以前はどちらかというと母親のほうに似ていると思われた顔が、今ではその銀縁の眼鏡をかけたあたり、額や鼻のおもむきが父親のそれに似通ってきているのには驚かされる。

母親たるトシを通じて彼の祖父の面影が浮き出ているのは、今はやや優しげな口元と頬のあたりであろうか。前は目元もトシの父親に似ていたはずなのに、今の目の気難しそうな険しさは父親たる正のものである。

ほんとうにこの息子の愚行には——子供は子供と突き放してはいたものの——正も

トシもハラハラ、振りまわされたものであった。やみくもに女に近づいては振られ続け、しょげかえるかと思うと、たまにどうにかなっても直ぐに他に手を出してゴタゴタは免れず、落ちつかなかった。

トシの父、彼の祖父の隔世遺伝が不様な形で出たにちがいない。

留学中のドイツでもへまばかりやっていたらしく、そのヘマぶりを得々と手紙に書いてくるものだから、親の心配とてなかった。ドイツ娘を連れて帰ったのはいいとして、それも破綻、娘は帰国し、やっとのことで息子は、ピアノ教師をするかたわら勤務先の大学の研究室で助手をしていた娘に拾ってもらい、結婚した。

その娘が、かわいらしい顔に髪はロングにして紺のスーツ姿、今息子の隣りに座っている。

夫が看護婦に付き添われて病室に戻ってきた。

もう眼鏡はかけていなくて、目の周りがむき出しになっているうえに、睫毛がきれいに切り払われていて、目が目のままに何の陰影もなく曝されている様は、さながら毛を毟られた雛みたい、きょとんと無防備だった。

看護婦はすぐ出てゆき、夫はベッドに入り、息子夫婦は廊下に出て直ぐのベンチに座った。

正はすぐに退屈してテーブルから学会誌を取りだしたが、トシが止めるまえに、チラと覗いたなりさすがに自分でよして、また元のところに置いた。

そうこうするうちに医師が入ってきた。狭い病室がその巨体だけでいっぱいになりそうだ。肉付きのいい大きな白い手、その人差指を突き出して、起き上った正の顔に突き立てる。

「ここと、ここに、二箇所、麻酔を打ちます。こめかみの注射は痛いですが、ちょっと我慢してくださりゃ、あとはもうほとんど痛みはありません。時間は一時間もかかりません。あとはお話ししたように、どなたか一人今夜だけ付き添ってお小水を取ってくださりゃけっこうです」

豊かな白い頬、科白が軽やかに回る。

医師は部屋を出ると、そのまま廊下の向いの手術室に入ってゆく。

「海市さん、お入りください」

ややあって呼びにきたのはさっきの看護婦だった。夫は待っていたとばかり起き上った。「よいさ！」、掛け声をかけてベッドからスリッパの上に下りたつ。

「えーえ、これで見えるようになるかのう」

誰にともなく言ってもう廊下に出て、トシが後を追うと、手術室の入口でちょっと振りかえる。

「よし！」

トシの顔を微かに照れたように見ると、さっさと中に入っていく。

息子夫婦とちょっと佇んでから、

「さっ、休みましょ。小一時間はかかるんですから」

トシは彼らを病室に誘った。

息子がまたベッドに腰かけ、上着のポケットから文庫本を取り出して目を落とすのを見て、トシはふと思いついた。

「こうしていてもしょうがないから、二人で買物してきてちょうだい。あしたの果物。ぶどうとバナナ。それからね、家に寄って、もう少しハンガーとね、それからタオルをもう二枚。車じゃすぐだから、ついでにお茶でも飲んでらっしゃい」

二人は、正が出てくるまでいて、それから買物に出ると言ったが、もうここまでくればそんなに大袈裟にしなくてもいいからと言って、トシは二人を送り出した。お茶はあとでゆっくり三人でしましょう、と嫁は言い置いた。

せっかく来てもらったのに、もうつまらぬ気兼ねを始めていると思いつつ、トシはひとりになってほっとしもする。やや非合理かなと感じつつこんなふうに運んでしまう癖はどうも止まない。

十月に入ってしまって、白い壁の室内にほぼ見合うばかりの白い光が窓の外にはあった。病室はしかし寒くはない。暖房はまだ入っていないようだが、どこかに心地よいぬくみがある。こんな時にトシのほうの節々の痛みが柔らいでくれるのはありがたいことであった。

思えば、頑健な夫が入院したのはこれが二度目である。そして手術と名のつくものを受けるのは、そうだ、これが初めてのことだ。彼はまだ盲腸もしていないはずだ。

「――じゃ、行ってくるからな……」

遠い日の、そんな夫の言葉がトシの耳奥に蘇える。入院などとは全く関係のない場面である。

――そのとき空港には小雨がパラついていた。

夏なのに寒い日だった。

生れて半年にしかならない息子を抱いているトシに義兄は傘を差しかけていた。

夏背広に開襟シャツの大きな白い襟を出してパナマをかぶり、剛《つよ》い鼻筋にかかる丸い黒縁の眼鏡の奥から鋭い目を向けて、夫は言った。たったひとこと。

「じゃ、行ってくるからな」

「お気をつけて行ってらっしゃいまし」

小さな声でこんなことしか言えず、見返すトシの目を、夫は瞬時眉を顰めるようにして受けとめると、もうくるりと背を向けてむこうで待っている飛行機のほうに速足で歩いてゆく。タラップをあがると振りかえることもなく機内に消えた。頼りなげな中型機、ふと動いて滑走路に出ると、あれあれと思う間に急角度で上昇し、たちまち鳥影より小さくなった。

戦争が始って一年半たち、もう戦局も怪しくなってきた時期、正は法学研究所の研究員で、軍属として南方に飛んだのだった。

それから程なく、トシは娘と息子を連れて湯津上村の里に疎開した。同じころ実母も近くの黒羽にひとり引っこんだ。

トシたちの中野は哲学堂近くの家も、母の池袋の産院もともに空襲で焼けてしまい、戦後のどさくさに不在地主とて土地も失なわれた。

眼鏡だけは同じ黒縁を光らせて湯津上村の庭に夫が再び現われたのは、戦後二年余を経た晩秋のことであった。夫はトシと二人の子を彼の兄のいる神奈川、逗子に連れていった……。

「じゃ、行ってくるからな」

もう二度と生きて会えないかもしれないのに、傍に兄がいていくら気兼ねしたとはいえ、たったひとことだけの別れなんて何てそっけない人なんだろう、トシは思い思いしたものだった。自分も何も言えなかったのに——。

後で聞くと、夫は南方でインドネシアの憲法作成に協力しつつ、空襲となると、竹を編んだだけの蓋のついた防空壕、敵爆撃機の透けて見える竪穴に入り胆を冷やしつづけ、いよいよとなると、軍属も兵隊と一緒に腹に爆薬を巻いて敵戦車に飛びこめなどと軍命が出たという。すんでのところで敗戦、オランダ軍の捕虜となった。収容所での待遇は良く、開墾の労働もドイツのゾリンゲンの鍬で木の根がたやすく切れ、助かったという。

無事日本に生きて帰るや、すぐに妻子の元に飛んできたわけではなく、まずは逗子の兄の所で論文書きに没頭、就職の目途をたてた後おもむろに那須にやってきたのだった。勿論その間には還ったという手紙はよこしていたけれど……。

きょう迎えに来てくれるか、あす来てくれるか、で二年近く待ってしまった。

「お父さん、いつくんのけ？」

継母のフクはトシにではなく子供たちに聞いては、そろそろ出ていってくれるよう催促していた。それを夫に書いてやると、丁度むこうも重い腰をあげようとしていたところだった。

医院の庭に立った眼鏡の男の顔を、物心ついて初めての対面、息子は廊下の上から怪訝そうに見つめていたものだ。一息ついて父親は娘と息子を外に連れだした。やがて帰ってきた子らに目顔で問うと、「前の小川で笹舟つくってくれた」、娘がほほえんだ。

実母はというと、そのままずっと黒羽に居つづけ、一人で細々と産婆をやり、戦後十数年たって死んでいった。継母は湯津上で未だ健在である。

継母が、継子の夫が疾うに帰還したのに、継子たちが居つづけているのに苛立ったのも、いくら敗戦後の混乱のなかとはいえ、無理なかったかもしれない。

腹違いの弟二人ともが戦地から生きて、それも終戦後ほどなく帰っていたからである。上の弟は軍医として激戦のニューギニアに征き、おとなしく心優しい人なのに、敗走となると瀕死の兵を見捨てず背負いつづけ救う勇気を見せた。後に新聞に報じられ讃えられたことだった。下の弟は青島《チンタオ》の医学校から応召寸前、無条件降伏の報に救われた……。

――トシの実の兄は、幸か不幸か、戦争を知らずに死んでいた。トシの女学校四年のとき、兄は医学校を出るや、父の長男とはいえ、自ら那須の医院は継がず、すぐに船医となり貨客船に乗ったところ、たちまちシンガポールでマラリアにかかりあっけなく死んでしまった。医学生の頃の兄は東京の医学校とて、よく池袋の母と妹を訪ねてきた。父と母の良いところをとって優しく背の高い好男子だった。深い憂いをたたえた美しい目をして……。

――夫はまだまだ手術室から出ては来まい。トシは椅子に腰かけたまま目をつむっていた。

と、廊下のほうからトシのまわりにドヤドヤとした雰囲気がやってきて、顔中——血だらけの夫が二人の看護婦に支えられてすぐそこに立っている。トシはあわてて椅子を離れ壁際に身を避ける。正はベッドに寝かされる。

もうベッドの頭の点滴のハンガーに灌注器が掛けられて、夫の布団の中にはゴム管が入っていっている。

顔中血だらけの夫——。

右目の上にびっしりテープを貼られ、そのまわりといわず、目の覗く左目のまわりといわず、赤い血糊がぬりたくられて——、何と残酷なと思ったが、よくよく見るとその赤いのはどうやら血ではなくて、そんな色の消毒薬らしかった。

ほっと胸をなでおろすトシに、看護婦の一人がまた入ってきて、点滴が切れたらまた取り替えるから呼び鈴を押してくれるように言った。患者はそのうち二時間置きぐらいに尿意を催すから、トイレの横にある溲瓶を使って尿を取ってあげてくださいとも言い添えていった。

看護婦が出てゆくと初めてトシは、白髪を総毛立てたところに赤い液体を塗りつけられて、出した片目もしっかりと閉じた夫の顔をつくづくと見た。

いったいどうなったのだろう、訝っていると、その片目がふっと眠たげながら開いて、トシに言うともなく低く、しかしはっきりした声で言った。

「痛い注射って言ってやがったが、本当に痛てえ注射だった、麻酔がさ。こう、なんだか異様なんだ。こんなの初めてだ。あとはどうってことないんだがね」

正は元気だった。やや貧血しているのか、唇のへんは少し色を失ってはいるけれど。

「これ何でしょ」

トシは指で夫の額の赤く塗られたところをちょっと撫でてみたくなったがやめた。

「大丈夫ですか」

「大丈夫だ」

正はまた目を閉じた。

しばらくして息子夫婦は入ってくると、正の赤い顔を見てやはりぎくりとしたようだった。一瞬後には、なーんだという顔になり、目を瞑った顔を覗きこんでいる。

「ずいぶん早目に出てきちゃったのよ」

遅くなってすみません、と謝る嫁にトシは言った。

日が暮れてトシは息子たちと街に夕食に出た。

大田原は関東と東北を結ぶ交易の要の一つだったらしいから、昔のほうがにぎやかであったように思う。城下町の名残りを残す黒々した町並には、その底に金の地金が潜んでいそうな映えがあっただろう。

それが戦後だんだん薄っぺらな、安直な店構えに変ってきて、新建材も東京周辺と違ってどこか垢抜けない色調の俗悪な鄙《ひな》びを曝した。最近はそれがまた多少変って、道路も広く整備されたところに、さほどおかしくない建材で心なし欧米調の店舗も作られつつあるように見える。しかしそれも表通りだけのことだ。

裏通りに入るとまだまだ板切れとプラスティックの侘しい混在が見られる。板切れとプラスティックとブリキと——泥。

そんな路地に割にしっかりした木組みのテンプラ屋がある。三人はそこに入った。テンプラ定食を三つ取る。メゴチなど入っていてなかなかいける。鄙にはまれなといった味だ。鮪の刺身もここは良くて、ちょっと頼む。

戦争前にはここらへんで食べられるものといったら川魚だけだった。ことに湯津上村ではめったに海の魚などは食べられなかった。鮭は箒川にも溯上してくるけれど。あれは終戦直後だったか、疎開中のこと、村の家の前の雑貨屋に鮪の刺身が入って、皆気味悪がって手を出さないのを、父とトシだけがたらふく食べて案の定中《あた》り、大騒ぎになった……。

息子は初め、今夜は親父のところには自分が泊ると言って酒も飲もうとしなかった。

「おしっこ採られるの、やっぱりわたしじゃなきゃいやだろうから、わたしが泊るわよ。いいから飲みなさい」

トシが思い決めて言うと、息子は銚子を取り、うまそうにやりはじめた。嫁は酒をやらない。トシも飲めば飲めるのだが、すぐに心臓がドキドキしてくるほうで飲まないようにしている。

三人がゆっくり食事して、暗い辻々をブラブラ歩いて病院に帰ってくると、病室にちょうど従弟の医師、茂が来たところであった。

「下の若いのに遊びがてら寄ったんだから、大事ねえよ」

すまながるトシに茂はまたいつものわざと乱暴のような口調で言い、正の脈を見た。下の若いの、つまり若い眼科医も青いセーターの巨体をゆすって上ってきて、茂に並び患者を見下ろした。二人の大男に立たれて、寝ている夫はひどく小さく、頼りなげに見える。

医師たちが出ていくや、正の苛らついた声が爆発した。

「出るぞ。小便だ」

トシは既にベッドの足元に持ってきてあった溲瓶を取りあげる。布団をめくる。正のもどかしそうに腰を浮かすのに手を掛けてパジャマのズボンを引き下ろす。股間のものを捉えて瓶口に誘う。とたんに小水が飛びだした。あっと思って瓶を押しつけるとそこでうまく入ってくる。

シーツが少し濡れてしまったが、仕方がない。

「あなたはもう……、せっかちで、いやになっちゃう」

「くそ！　めんどくせえ。これしきの手術、便所ぐらい自分で歩いていってくるわ」

正のほうがしかし怒っていて、パジャマを直すトシの手の下で、やや凋んだ腹が波打った。

「あしたの朝までの我慢だって、先生が言ったでしょ。だめですよ、あせっちゃ」

宥めながらトシはちょっと疲れを感じて、自分のほうがなんだか情け無くなってきた。

「おしっこ採るの簡単そうじゃない。僕がやるよ。お母さんは家に帰って寝なさいよ。あしたの朝替ろうじゃないか」

傍についていた息子が言ってくれて、トシは、これしきのこと、自分の夫のことだから自分でやるわ、と言い張る気持ちが急にしぼんだ。

一時廊下に出ていた嫁も入ってきて、そうなさったら、と口を合わせたので、今夜は息子に任すことにした。息子はベッドの下から低い簡易ベッドを引きだして、上着のまま横になって試している。

「今夜は、じゃ、たけしに泊ってもらいますよ」

「おお、よしや！」

正は目を見張ったまま応えた。


襖がそっと引き開けられる。

それも二寸ほどの細さ。

そこから片目だけが覗く。

黒目がちの目のキラキラ光るのが。

何か言っている。しきりに何か咎めている。早口ながらはっきりしたことを言っているはずだが、その母の言葉はトシの鼓膜に触れる瞬間に虚《うつ》ろな響きとなって拡散してしまう。

それならトシ自身は何をしているのであろうか。それが自分にもよく分らない。

今、女学校から帰ってきたところであろうか。セーラー服を普段着に着替えようとしているのか。それとも英語の読本を机上に取りだしたところなのか。それともあすは遠足で、たしか江の島に行くので、その準備をしているところであろうか。宿題のゆかたの縫いかけにまた針を刺したところであるのか。――母の勧めで入った女学校が大妻だったから。それとも――通学途中、家を出てすぐの立教大学の前で、よく待ち構えている学生に渡された付文をそっと取りだしたところであろうか。中背の色白で、なかなかの好男子だったが、鞄も持たず肩にグローブをかけていた。レンガの塀沿いの歩道でシャドウ・ボクシングをやっていたこともあった。手紙は受けとったが結局相手にはしなかった……。

何が何だか分らないが、いつものように突然母はトシの部屋の襖を細く引き開けて、何事か説教しているのだ。

襖はガラッと開けて、姿を全部現わして、文句を言うなら言ってくれればいいじゃないの。トシの心にはいつもの反発がある。

片目だけ覗かせて、変なの。

母はいったいわたしを愛してくれているのだろうか。そしてわたしはこの母をほんとうに愛しているのだろうか。わからない。

と、――母はいつのまにかトシの傍らにきている。それものしかかるように上から見下ろしている。

そうだ。トシは立っているのでもなく、座っているのでもない。寝ているのだ。

母はそうしてトシの顔を二つの瞳をきらめかして覗きこむ。

そしてこうして見られている自分は女学生のときの自分であると同時に、今の自分なのだ。

「怖いよう、お母さん」

トシは泣きだす。

「怖いよう、こわいよう――」

泣きわめきながらトシは、またいつもの夢を見てうわごとを言っているなと分っている。またやっているなと。

二階には嫁が寝ている。トシの部屋の真上。トシははっとして声を抑え、それからおもむろに目覚めていった。

病院から帰ると一息ついてから風呂に入り、あすもあることだからと二人は特にすることもなくて早目に床に入った。

息子はうまく小水を採っているだろうか、今夜はろくに眠れないだろう――、いやいや、これしきのことに対してこのように思いやることがそもそもこの息子をひ弱で我儘にしてしまったのだ。さんざん親に心配かけどおしだったんだから、このくらいの罪滅しもよかろう……。

そんなことを考えているうちに眠りに落ち、やがて母の夢にうなされて声をあげ、自ら眠りを破られたのだ。

黒曜石のようなと言ってもよい、しかしどこか小さめの刺のある目、母はよくそんな目でもって事あるごとにトシの挙措を窺っていたが、あれも何はともあれ娘を見守るということであったのだろう。

トシは自分が今、闇のなかで目をいっぱいに見開いているのに気づいて、また目を閉じた。闇に目を開く無益さと、闇に目を閉じる無益さと、どっちを選んだものか分らなくなる。

トシが物心ついて初めて実の母に会ったのは小学六年の夏のことであった。

その前、トシが小学校も高学年になったころ、大田原高女の寄宿舎から折々帰ってくる実の姉は、よくトシの髪を結ってくれたが、その都度そのよく透る艶のある声で勧めた。

「トシは本当のおかあちゃんにそっくりだってよ。わたしもそう思う。おかあちゃん、東京に居るから手紙出して迎えにきてもらえばいい。大事にしてくれるし、東京は田舎と違って夢のような生活ができるよ」

繰りかえし、くりかえし言われて、トシは遂に六年の夏、一度も見たことのない産みの母に手紙を書いた。

母はすぐに近所の知人の家までやってきた。

まず姉が一人でその家まで逢いに行った。

帰ってきた姉はトシを物陰に呼んで、評判の美しい顔をなお妖しくしている切れ長の目をきらめかせて言った。

トシだけが明朝、生母の泊っているその家に行くことに話が決った、と。

夏の夜明けは早い。

四方がぼんやり明るくなったなか、姉に起こされて、急きたてられ、きのうまで着ていた白地に麻の葉模様の普段着にオレンジ色のメリンスの三尺を締め、紅い鼻緒の駒下駄を手に持って、そっと玄関を開けて庭に出た。

裸足に触れる夏の朝の湿っていていてそれでいて固い土。

母に会う不安と今までなじんだ家に戻りたい気持ちに捉われながらも、母の泊っている家に来てしまった。

母はもう起きて待っていた。

洋髪に着物の母であった。

抱かれたが何の感激もなく、すぐに連れだって歩いて街道に出、もうトテ馬車に取って代っていたバスに乗って大田原に行き、東野鉄道、東北本線と乗り継いで、東京まで行ってしまった。

こぢんまりとした黒塗りの木造の産院にはそれでも三、四人の若い助手が同居していて、トシを迎えた。

着いたその夜、第一番の驚きは、そこには我が家のお風呂というものがなくて、お風呂屋に行って大勢の女や子供と一緒に入浴することだった。湯舟に入ったら恥しくて外に出られず、お風呂のへりにつかまって茹蛸《ゆでだこ》のように真赤な顔に汗をだらだら流して泣きべそをかいていたら、母はいやがるトシを無理やり引っぱり出し、あがり湯をかけてくれた……。

二学期から近くの小学校に通った。すると翌春、湯津上小学校から、どうしたことか、六年間皆勤の通信簿が送られてきた。その終りのページが卒業証書になっていて、きちんと埋められていた。

大正十五年度第六學年
尋常科第六學年ノ課程ヲ卒業セシコトヲ證ス
昭和二年三月二十三日

嫁と一緒にトシが翌朝、朝食もそこそこに眼科医院に行き、二階の病室に上ってみると、ちょうど廊下に出てくる夫に会った。

パジャマ姿に白髪を乱し、まだ赤い消毒薬のとれないところに眼鏡なしの片目を光らせている。

「夜中の小便にはまいった。もう一人でやれるぞ」

おはよう、とも言わずにそうどなると、肩をいからしてトイレのほうにいつもよりゆっくり歩いてゆく。

「大変だったでしょう」

部屋に入るなり息子に言ったが、彼はニヤニヤ笑っている。

「夜中は一、二時間毎に起こされたけど、うまく瓶におしっこしてくれてね。それはいいんだけど、五時半になったらね、待ってましたとばかりに飛び起きるんだ。すごい勢いでさあ。みろ、もう朝になった、朝になったら一人で小便していいと先生が言ったって言って、僕を突き飛ばすようにしてトイレに行くんだよ、うれしそうにしてさあ」

息子は父親の物真似をして報告し、トシはその情景がまざまざと目に浮かんで思わず笑ってしまった。

しばらくしてから息子夫婦は帰っていった。嫁はそのまま車で埼玉に戻らねばならない。午後から音楽教室のレッスンである。息子も一緒に帰るはずだったが、彼の親しくしている従弟二人が偶然揃って大田原にいて、今日の夜どこかこの辺で久しぶりに飲もうということになったらしい。息子は明朝早く電車に乗って、直接上野の勤務先に出るという。語学・文学の教師というのはどうも気楽な商売らしい。

いずれにせよ息子とその従弟たちは、親どうしは今多少の確執をかかえ、つきあいが切れているが、昔ながらのまじわりを続けている。

一人はトシの腹違いの上の弟の次男で医師を継ぎ、大田原に住みここの大病院の胃腸科につとめて何年か、もう内視鏡の上手として名高い。もう一人は、死んだ妹マツの下にできた妹シズの次男で東京で歯科を開業、歯科矯正の才能を発揮して、これも将来を嘱望されている。

若い医師と歯科医師、そして文学者の端くれの息子はひどく気が合い、互に認めあっている。

若い医師は、ニューギニアで傷兵を背負って救った父から仁の心を受けついで頼もしい。若い歯科医の母親シズはトシが結婚した頃、東京の女学校に出てきていてよく遊びにきたものだった。というより、トシが新婚生活に無聊を覚える折々、「シズ、来て！」と呼んだのだった。若すぎる死を迎えたマツの面影をその妹はよく伝えていたから……。

そんな過去をつなぎとめるかのように息子の従弟たち、トシの甥たちはトシの逗子時代、若々しい学生の顔を折々見せてくれた。二人ともトシの父、彼等の祖父を思い起こさせる長身の好男子である。元々この一族は巨人族なのだ。その系列から外れて、トシの息子だけ小柄である。ただこの三人のふとした瞬間に見せる表情が互に酷似することがあった。共通の祖父の顔が思わず覗くのにちがいない。

――昼、夫が病院食を済ませると、そこに息子が一人でブラッとやってきて、トシは一緒に昼食に出た。暖かな十月の晴れ日だった。

正は、一日に一回も来てくれればいいから、もう今日はそのまま帰っていいと言ってから、そうだ、ちょっと新聞だけ買ってきてくれと頼み、トシは、一時間もしないで戻りますと応えた。「いいや、ゆっくりしてこい」、夫は理解あるところを見せた。

何を食べようかということになって、トシは急にどうしてもラーメンが食べたくなり、そう言うと息子に異存はなかった。

本通りを家の方角、西那須野方向に下り、三叉路になるところ、その角に目立たぬラーメン屋がある。ここらへんでラーメンがおいしいなとトシの思ったところは、こと、そして友だちのテルの家の先、書家の家に入る角にある中華ソバ屋である。

狭い店内のカウンター席に息子と並び、ラーメン二つと餃子一つを頼んだ。

息子は妻を送り出すと一時間ほど眠ってから、さすがに少しあしたの授業の用意をしたという。

仕事があるのにちょっとした手術で呼んで悪いわね、と言うと、何そんなこと、それにあしたはたいした授業をやるわけじゃない、独文学も含めて西洋文学一般の講義が主だという。

ドイツ語の授業もあるがこれから午後もまた少し準備する。そして夕方は従弟たちと軽く一杯、気楽なもんだ、と本当に気楽そうに言う。

そんなんで大丈夫なの？　そう聞きたいくらい心配にもなる。法学者のお父さんは勉強も準備ももっと大変な思いでやっていたわ。そう口に出かかったが、放っておくことにする。

「あすの講義で英文学のマンスフィールドの短編を紹介するんだ。ちょっといい風景描写があってね。ほとんど毎年触れずにはいられない。小説中、男が汽車の窓から外を見てるんだけどね。

『空は薄青く輝き、鳥が一羽高く舞って、さながら宝石の中の黒い疵のようだった。』そういうの。簡単だけど、いい比喩表現だろ、ね。ドイツ文学なんかの鳥影の描写なんかも絡めて出すんだけど、これが簡潔で抜群にいい。で、学生に、これいいだろ？って言うと、えっ？　なんて反応しか返ってこないんだ、毎年のこと。いやになっちゃうよ」

息子はほんとうに気楽そうに嘆く。

昼飯をすませ、早い午後をまた少し歩く。

空は薄青いどころか深青に輝いて、しきりに鳥の声がする。

なんとなく二人で喫茶店に入る。コーヒーを飲みながら息子はまた、澄んだ空を宝石に見たてて、そこに一点の鳥影を宝石の中の疵と観る比喩がいいと何度もくりかえした。

そこで何程か時をすごして、息子は家に帰っていった。トシは途中新聞屋に寄って下野新聞など買ってから医院に戻った。二時半を過ぎていた。

「遅い！　何ぐずぐずしていたんだ！」

ゆっくりしてこいと言われたけれど、ちょっと羽を伸ばしすぎたかなと思いながら病室に入っていくトシに、正は片目を三角にして怒鳴った。

夕方トシが家に帰ると、予定どおり息子はもう飲みに出ていなかった。


トシが一人で夕食をとり、テレビなど見てから入浴し横になっていると、息子は割に早目にいい機嫌になって帰ってきた。

開口一番、息子は伝えた。

飲み会には歯科医の婚約者も来ていて――こっちの両親に会わせるために東京から一時戻ったらしい――、その人、同じ歯学部の同級生、それが知的な凄い美人なんだ。医者のほうの妻も美しいけれど、また違ったきれいさだ……。

「じゃ、結婚式ももうすぐね。お式はこっちでやるのかしら、それとも東京かしら」

那須の医の巨人族もこうして確実に続いていくのであろう。胃腸科の医師のほうにはもう男の子が生れている。

「湯冷めするよ、湯冷めするよ」

言われながらトシは起きて、しばらく息子ととりとめもない話をした。

赤い顔をほころばせて息子は座椅子に倚《よ》っている。

と、ふと彼の顔が、姿が、小さくなる。ただ小さくなるのではない。段々と小さく、しかも遠のいてゆく。

あれっと思うまに、もう遥かかなたに隔てられている。むこうが遠ざかってゆくのか、それともトシのほうが遠く背後に引かれていったものか、わからない。

ああ、こんなことは子供のころにもよくあった。驚くことはない。

――そうだ。あれは丁度トシが池袋に来る直前、よく体験したことであった。


あのころは蚤が多くて、継母は下の弟にモミ（紅絹と書いて「モミ」と呼んだと思う。絹の織物で節が多く真っ赤な布だった）で作った夜着を着せて蚤の襲撃を防いでいた。ところが小さな蚤のこと、そんな布のどこからでも入りこんで幼児の肌を刺したのである。

その痒みで弟は目を覚ます。そして泣く。この泣き声にトシも目が覚めた。夏になると帰省の兄、姉が加わり、家は人数が増え、そのため恐らくトシもいつもの部屋を空け、両親と弟妹と大きな一つ部屋に寝ていたように思う。トシが一番外側に寝ているので、頭を擡《もた》げると、常夜灯のもと、部屋の全員の頭が、顔が見える。

と、それが見るみる小さく、ちいさく遠のいてゆく……。

不思議だなと思うまま、皆の顔はひどく小さく凝って——そんな遠くにあって、しかし、それが逆に鼻先に見るごとくいやに際やかな輪郭をもって薄黄に発光している……。

親も弟妹もだんだん小さくなってゆくときの心細さ、心の疼き、そのときの感じをトシは甦らす。

あのときすぐ隣りで目を瞑っていた妹のマツは程なくほんとうに目を瞑ってしまった。そしてトシの空けた部屋に収まっていたはずの実の兄もさほど時を置かずに消えてしまった。

——今また遠くに退いた息子の顔にフッと息を吹きかけるようなつもりで、トシは思わず言っていた。

「そのうちわたしたちは勿論だけれど、あなたがたもみんな居なくなっちゃうときがくるのね。なんだか淋しいわ……」

「えっ？」などとあいまいな声を出しながら息子はまた元の大きさに戻った。その眉根を激しく顰《しか》めながら。

「子供のときからなんだけど、今もそばにいるあなたの顔が急に遠のいていったの、どんどん小さくなって……」

「それ、離人症《りじんしょう》とかいうんだよ。僕にもある。それがひどくてね、無限に遠のいていく、そばにいる人が。これ、お父さんじゃなくて、お母さんの遺伝だったのか。無限遠、無限の像を僕もってる、子供のときから。死んだ後の無限の虚無の像——だからドイツ文学専攻したんだ。ドイツ文学は無限の哲学に事欠かないもんだからね」

息子は問わず語りにしゃべり始めた。目を据えて。

「死の時間の像、時間じゃない時間なんだろうけど。死の表象が言わば僕の専門なんだ——。

ニーチェって奴がいてね、偉いんだ、一九〇〇年にぴたり死ぬんだ。

若い頃『悲劇の誕生』っていう芸術原論でね、こう言うんだ。

無限の虚無のなかに、たった一人の存在がある。存在の根源たるたった一つの存在者。おおもとにたった一人、源一人、みなもとのひとり。それはそもそも無限の空虚、底無しの深み。

源一人、無限の闇の深みは、自分の恐ろしい姿に怯えて、どうにかしようと思う。自らの無限の空虚を、陶酔の感情の海で埋めようとする。音楽の海で充たそうとする。

源一人は自ら音楽の神、ディオニュゾスに変身する。

充ち、漲った音楽の海、やがてその静まったみなもに光が這い、水面は美しい形を析出する。美しい形象世界が生れる。

ここでディオニュゾスは造形の神、アポロに変身したのだ。そしてこの形象の世界はおのずから言葉を呟きだす。遅ればせながら文学が生れる。

——僕のやや強引な要約だけどね。若いニーチェはとにかくこんなことを言ったんだ。そうこうするうち彼、あの有名な形而上学『ツァラトゥストラかく語りき』を書くんだ。いわゆる、同一なるものの永劫回帰の考え。僕たちの生が永遠に同じ形でめぐってくる。この生の苦しさ、楽しさ、愚かしさが永遠に同じ形で繰りかえされる。こんなニーチェの考えを受け継いで展開したのが、例えば共に一八七五年生れのトーマス・マンとリルケなんだよ。

マンは長編小説『魔の山』でね、無限の時間の形式は「直線ではなくて、メリーゴーラウンド」なんて言う。永遠に春はめぐってくる、なんてややおめでたい。

それに比べて、詩人のリルケの回転木馬は怖い。

文字どおり〝メリーゴーラウンド〟っていう詩があってね、木馬にまたがる女の子が「あてどない方を見て」いる。めぐる時空の奥、無限の深みを見てる。死の時間、無限の直線に気づいてる。

リルケはね、それに先立つ『形象詩集』ね、まさにアポロ的形象を書き連ねたと思われる詩集でね、その最後の詩〝結びの詩〟で言い切るんだよ、「死は大きい」って。形ある物すべての背後に、どんなに手を伸ばしても測りきれない死の無限がある……。

物心ついてからずっと、このリルケ的な死の観念に怯えてきたんだ、僕。やんなっちゃうよ、今でもそうなの。暇だからだと思うけど。暇すぎるから――」

息子からこんな話を聞くのは初めてだった。自分に似て体が弱く、すぐ熱を出す子だった。高熱のなか、よく目を据えて何やら怯えていたけれど、こういうことだったの？

「御講義ありがとう。――わたしは死を怖いと思ったことはないわ」

「死そのものじゃないよ、怖いのは。死んだら二度と生きかえらない、いくら待っても永遠に死んだままなのが恐ろしい」

「そういうこと、わたし、ちっとも怖くないの。ただ、人が居なくなるのが――淋しいの。女学生のとき、妹が盲腸の手遅れで死んで、それから間もなく実の兄が船医になってたちまちマラリアで死んで、淋しくて悲しかったわ。――淋しがりで泣き虫のわたしだけど、でもいざとなると強いところもあるのよ。その後すぐのことなんだけど、わたし自身お腹が痛くなって、あっ、盲腸だって思って、一人で池袋の外科に飛びこんで切ってもらったの」

えばったところで寒けを感じ、トシはくしゃみをする。あわてて夜着の襟を合わせる。

「ほら、みろ、言ったじゃないか。湯冷めするからって。だめだよ、早く寝なきゃ」

息子の酔ってまだ赤い顔。自分で長々しゃべっておいて、この声、この口調。これではは彼の父親そのままだ。


翌朝早く、息子は家を出た。

どうせならと、トシも一緒に出て、そのまま病院の夫の元に行くことにした。

はつかに狭霧だつなかに、藪のハゼの紅が透ってくる。

ハゼは不思議な色づきかたをしている。まだ青いところ、黄色いところ、そして真紅のところがほぼ等分にある。

遊歩道の角に出て、息子の呼んだ塩原タクシーのくるのを待つ。

西那須野に向う前に病院に回ってトシを送る、と息子は言う。

「いいえ、わたしはこれからしばらく病院に通わなきゃならないんだから、練習にもなるし歩いてゆくから心配しないで」

トシはほんとうにそんな気になった。

「そんな。何でもないことだから、合理的に考えてよ。病院に回るよ」

車がなかなか来なくて、息子は苛立ちながら繰りかえす。

「いいの、ほんとうに練習なんだから。体も甘やかしたくないし、歩けるうちは歩いてみる。じゃ、見送る瞬間て嫌だから、わたしもう行くわよ。気をつけてね」

息子に背を向け、遊歩道をトシは歩きだした。

たえてほんとうの爽快というものを味わったことのない体だが、しかも年取って節々の痛みのほうが冴えわたってくる一方なのだが、まあそう言ってもいられない、そんな気持ちを持てるほどにはしかし今は元気があって、霧を透って繰り出される道にトシは歩を進めていった。

ちょっと振りかえってみると、まだ息子が立っていて、手を挙げ合って、それからはもう後ろにはかまわずに、足指の付根の痛みを踏みしめふみしめせっせと歩いていく。

——そうだ。この道をあの東野鉄道は走っていた。この景色を逆に辿ってあの夏の朝、東野鉄道は走ったはずだった。

母とトシを乗せたバスは大田原駅に着いた。石炭殻を敷いた広場の一角が黒々と高まって、その上に木造の駅舎のある、そこらへんまではそれまでも何度か大田原に出た折、妹や幼い従弟たち、茂や省三と覗きにきたことはあった。

黒い蒸気機関車の引く箱に初めて入って、動きだして、夏の田の広がりが波紋のように湧きだしては巡り去るのを見て、トシの胸にはなお不安と後悔とが疼いていた。もともと逃げだす気持ちなどない所から強いて逃げる後ろめたさは、そのまま汽車から飛び下りて村に逃げ帰りたいという衝動そのものであった。

西那須野に着くと高い陸橋を渡って、大田原とは比べものにならない大きな黒い駅舎に入った。そこから母だけ駅前に出て、ブドウの房を買ってきた。ホームの水道で母はそのブドウをたんねんに洗った。あきれるほど時間をかけて——。

東野鉄道よりも二まわり大きな汽車に二人は乗りこんだ。

東北本線は狂暴ともいえる力で走った。

ぐったりしたトシに母はさっき洗ったブドウを食べさせた……。

池袋に着いたトシは実母のところに来たというのにたちまち孤独に落ちこんだ。

すぐ前までいた村では、帰省した実の兄、実の姉もいて、兄弟姉妹は七、八名に膨れあがり、それに両親、祖父、泊りの看護婦、女中と合わせると十数名の大家族となり、それに馴染んだトシはたちまち人恋しくなって泣いたものだった。

多少の差別、継母そしてそれに気兼ねする実父から受ける差別は続いていたが、否、そんな微温的な苦しみ、否、悲しみを含みながらもかえって強まる親の肌への思慕、それを核に寄りつどう人肌のにぎわいは、胸詰まるほどになつかしかった。

実母のところも建物はさほど大きくないが池袋一の産院として繁盛し、助手がいつも三、四人同居してはいたのだが、皆年中多忙で、昼間は居住部分にほとんどトシ一人になってしまう。

また生母のほうでも産んですぐに別れた娘とてトシにどのように接したらよいのか戸惑っているふう、トシはトシでほんとうの母に母として心から甘えることがどうしてもできなかった。

当時の池袋にしては住宅の密集地にあって、トシは一人になると大声で村の両親やあの妹のマツの名を呼んで泣いたものだった。

「マッちゃん！　マッちゃん！」

「おかあちゃん！　おかあちゃん！」

あの決して抱いてくれることのなかった継母の姿が胸に迫るのだった。

ちなみに実母のことは「お母さん」と呼ばされていた。都会で、これから女学校に行くことになるのに、おかあちゃん、ではおかしいと言うのである。

――「おかあちゃん、おかあちゃん。マッちゃん、マッちゃん」

――そうだ、ほどなく、あのマツには助けられた。死んだマツにトシは命を助けられた。女学生の妹は死に、その経緯を知らされていた女学生の姉は、同じ危機に曝されて自ら対応できた。

トシの女学校四年になったばかりの春であった。少し前から胃のむかつきがあった。その日、授業を受けるうちお腹全体が痛くなる。ああ、お腹が痛い。右下腹というより、胃を中心に全体がおかしい。

盲腸だ、と思った。半年前、実の姉がマツの死の事情を書き送ってきたのとぴったり合致したから。

お腹全体の痛みを訴える娘に対し、父は単なる腹痛と見、忙しさもあって痛み止めを打っただけで放置、手遅れになったのだった。

お腹全体が痛い。教室の床にしゃがみこむほどに。お弁当も食べられず、午後から早退し、帰路、池袋の駅前の和装店でいちばん安い浴衣と手拭いを買い、そこからすぐ、日頃から目をつけていた瀟洒な外科医院に飛びこんだ。白く塗られた木造の二階建て。塀のプレートに、手術、入院応需、医学博士某、とある。

待合室には、午後だからか二人しかいない。受付けで学生証を出し、母の産院の名を告げた。

「盲腸だと思います。すぐ切って下さい」

若いきれいな看護婦はフッと頰笑み、それからトシの顔を見つめ「お顔青いわ。でもまず診察ですね」と言い、それでも直に奥の手術室に連れていった。

「診察まで寝て待って」、手前のベッドに促す。トシはさっさと制服、そしてシュミーズも脱ぎ、買ったばかりの浴衣に着換え横になった。と、さっきの看護婦が戻ってきて体温を計った。「お熱あるわ」、優しく眉をひそめる。

思いがけなく早く、髭をたくわえた白面の医師が入ってきて、色々聞きながら腹を丁寧に探っていった。

「まちがいない、盲腸だ。例えば腸閉塞なんかじゃない。よく分ったね。診断、意外に難しいんだ……」

呟くように言う。

「そこの産院の娘さんだってね。すぐ切る――。度胸がいいね。お母さん譲りか……」

――そうかしら。こんな弱虫なのに……。

でも、とっくに覚悟を決めて自発的にやってきたのだから平気なのだ。それに別の感覚がずっとあったことに気づく。

妹の体がいつのまにかそっくり自分の体のなかに入っていて、ともに痛がり、盲腸だと教えてくれ、内から支えてくれていた。

女学校の同級生から何かの折、怖い、大変だ、と聞いていた脊髄麻酔も、力を抜いて背骨を曝した。なんのことはない。よく効いた。メスの肉に沈むのも、ただひきつれのように感じただけだった。

「マッちゃん。マッちゃん……」

心のなかで、ふと、お経のように唱えていた。

やがて病室に移され、うつらうつらしていると、フッと手を温かな手で包まれた。

目をあける。

夕べの薄あかりのなか、キラキラ光る黒い瞳が見下ろしている。――おかあちゃん？

――いえ、おかあさん……。

仕事を終えて駆けつけたのだった。医院の看護婦から電話があったという。トシは学校からの帰路、自宅に電話するのを忘れていたのだった。

それも遠い昔、今はこうして老いたトシは故里に戻って、老いた夫の入院する医院に向かい、旧東野鉄道の軌道敷跡、足指の付根の痛みを踏みしめふみしめせっせと歩いてゆく。


――そう、トシの盲腸の傷も癒え、ホッと息をつく安寧の時も束の間、思いもよらぬ兄の死の知らせが母とトシの元に舞いこんできたのだった。

兄が船医として乗りくんだ船からの電報で、シンガポール寄港中、兄はマラリアにかかり、同市病院で亡くなった、現地で荼毘に付す、とあった。

しばらく時を置いた次電で、その船の横浜入港、遺骨引渡しの日時など知らせてきた。

静しずと——ほんとうにしずしずと、艀《はしけ》は近づいてくる。むしろこちら向きに止っているようにさえ見える。

横浜港はすっかり凪いでいて、曇り空のもと、まったいらな鈍色の水は自分で微光を放つふうだった。

いちばん手近な沖に黒い貨客船は泊っていて、舳先を右に向けている。思っていたより細そうで頼りなげだ。盆の上の置物のよう、微動だにしない。

舷側から一筋斜めに掛けられたタラップを人が下り、艀に乗りうつる微細な姿も手にとるように克明に見えた。小舟はこっちに向い、しかしなかなか着かないのだ。

艀そのものが兄のあの優しく大きな目になって、桟橋に母と佇むトシをじっと見つめてくるかのよう。

ふと小舟はある大きさになり、そこからはみるみる寄ってくる。兄の優しく憂いをたたえた大きな目は近づいてくる。着く。

黒い立派な制服の胸に白い箱を抱いた大きな人、後ろに大きな革トランク二つを両手に提げた船員が続き、桟橋に上ってくる。

制服の巨漢は船長だった。喪服の母、制服姿のトシに向い悔みをのべ、さっき通された特別待合室に皆で入り、座る。

貨客船はドイツのハンブルクに行き、帰路また寄ったシンガポールで兄は市内に出、マラリアに感染、またたくまに亡くなった。いい医師であるだけでなく、毎夜のように船長室で話し相手になってくれた大切な友だった……、船長は涙ぐんだ。

その涙を見て、トシははじめて涙がこみあげてきて、そしてはじめてかたわらに寄りそう、気丈なはずの母の肩の小刻みに震えるのを感じた。

トシが東京で女学生になり、兄は医学校がそばとて、よく母とトシの元を訪れるようになった。そして前年、医学校を卒業、医局勤めをしていたが、夏の終りにやってくると母と近くの写真館に行った。暇乞いだった。

秋から船医になって世界を見てくるという。

父の長男としての籍はそのままだったが、田舎の医家を継ぐのは弟たちに譲ろうということだろう。トシにも分った。

遺影となった母との写真。普段着のまま椅子に坐る母、ひたと寄り添って立つ兄は絣《かすり》の浴衣に三尺、左手は静かに垂れ、右手はそっと母の背に回されている。

その兄の顔はほんとうに祖父のそれによく似てきていた。ただ目には深い憂いがたたえられて、じっとみつめてくる。全て宿命を吸いこむように。

籍はずっと父の元においたままだったが、船医となってからの連絡先は実母のところになっていた。

革トランク二つは先に送り、遺骨は母とトシが交互に抱いて帰った。母はすぐには息子の死を那須に伝えず、家に祭壇をもうけ、置いておいた。

トランクからは母の作ってやった洋服、シャツなどの他に、愛用のドイツのカメラなど。そして緑の布張り、小さな二つ折れの写真立てが出てきた。

向いあう二つの楕円の覗き窓、左には写真館で母と兄の並んで撮ったあの写真、右にはいつか兄自身の撮ったトシの制服姿があった。なんだかひどく生まじめな目……。

そしておみやげ。それぞれに「母上」、「トシ」と小さなカードをピンで留めてあるドイツ製の大きなショール。母のは色どりゆたかな手のこんだ花模様。トシのは鮮やかなオレンジの無地。

「若い娘用と年輩の女用、よく考えている」、母は呟いた。そしてトシだけに小ぶりの銀ぎつねのマフラー。「寒がりのトシ」と留めたカードにあった。

シンガポール市内から船に帰り、発熱に気づき、市内の病院に戻った、小さなちいさな手帳からはそのくらいしか分らない。船に帰った瞬間、自分のまさかの死を予感したものであろう。

少しドイツの原書もあった。医学の勉強のかたわら、ドイツ語も好きでやっている、兄が漏らしたことがある。原書の一つがシラーの『盗賊』という戯曲らしいのは、一緒にあったボロボロの翻訳と照らしてトシにも分った。


あんなことから五十年、半世紀も経ってトシはまた故里にあって、足指の付根の痛みを踏みしめふみしめ東野鉄道跡の道を歩いてゆく。入院した夫の元へ。


——船といえば——舟——ボート。

トシとても結婚前、恋らしきものを味わわなかったわけではない。恋というほどのものでもなく、そのまねごとと言うにしても淡いつきあいだったけれど。

女学校を出て花嫁修業などさせられているとき、トシの元を足しげく訪ねてくる青年がいた。近くの母同士の知りあいとて、二十になろうというトシの二つ上、青年は商大、いまの一橋大学のボート選手であった。

死んだ兄と同じくがっしりとした長身で、ただ兄はどちらかと言うとふっくらとした顔のなか、いつも憂いをたたえて引きこむような目をしていたが、商大生は頬の優しい感じでこけた顔に、目はおだやかながらきらめきを放ち、たえず白い歯のこぼれるように笑んでいた。兄はふっくらとした唇をいつも固く結んでいた。

商大生は家にやってきて話したりお茶などに誘うほか、東京音楽学校のコンサートなどに連れていってくれた。ヴァイオリンが好きとのこと、その演奏やら、声楽やら。「母の教えたまいし歌」というロマンチックな歌が心に残った。さりげなくエスコートしてくれる、そのがっしりしてスマートな青年をトシは嫌いではなかった。ただ琴、三味線、お茶、お花などおきまりの花嫁修業をさせられながら、まだ結婚などということをほとんど意識していなかった。

母とその知りあいの婦人とは、少なからずそんな結びの意図をもって若い二人を近づけたのであろう。ただ強くせっつくなどということはなく、静かに見守るふうだった。

商大生が一度、対東京帝大のレガッタに誘ったことがあった。彼はエイトのトップ、ゴール近くに待つトシの目の前、僅差で東大が勝った。勝ちほこる選手たちは桟橋に上るや、やにわに小柄なコックスのロイド眼鏡をむしりとり抱えあげて川に投げこんだ。まあ、野蛮なこと、トシの心配をよそにコックスはすぐに浮きあがり、着衣のまま器用に泳いで陸に上ってきた。

商大生がトシを人混みのなかに見つけ、やってきて、「やられた！」、白い歯をこぼして笑った――。

そんなことがそんなふうに続いて、ややあって、突然母が意外な別の結婚の話をもってきたのだった。今度は強く押しつける調子で断定的に言う。

「いいお話があったのよ。一高・東大の法学士さん。一高・東大だよ。今は一時的に中学の数学の先生やってるんだけど、そのうち法学の研究所に入るなりして、その先はどこか大学の法学の教授まちがいないって。トシの八つ年上で、歳もちょうどいいと思うよ。そのうえ誠実が衣を着たような方だって。そのうえ何よりも誠実が――、あっ、今言ったね。浮気なんか絶対にしない。いったんこの人と決めたら、他の女なんか見向きもしない方だって」

母の強い勧めについ逆えず、池袋の料亭で法学士と会った。会って驚いた。知らぬ顔ではない。二人だけにされてから、ポツポツ話をして、その話がとぎれたとき、ひとみしりのトシが思わず問うていた。

「東大のボートでコックスなさってらっしゃいませんでしたか？」

相手が、最近の商大との競争でコックスをやっていた小柄な学生にあまりにも似ていたからである。同じ黒縁眼鏡だったたし。

「ボカア――」。「僕は」を言うのに相手はそう言う。

「ボカア確かにコックスやったことがある。ただし、大学じゃなくて高等学校のときだ。ずいぶん昔の話です。対三校戦に勝って湖に投げこまれた。でも、平気ですわ。ボカア水泳がいちばん得意でね。生れが山口の海辺だから。――それに金棒《かなぼう》が得意です」

小柄なのに広い肩幅、その肩をいからせた。

「金棒は苦手だったんだが、悔しくて、毎日ぶらさがって、誰よりもうまくなった。中学に入ったころのこと……」

「――ボカア、ヴァイオリンよりはセロが好きだ。キイキイいうヴァイオリンより、落着いたセロがいい……」

手じゃくでどんどんやって、酔いが回り、問わず語りにこんなことも言った。

少し考えたものの結局母の強制に従ってしまった。母がいいと言うのだから、いいのだろう。結婚なんてそんなものなんだろう。受身の気持ちだった。

母の勧めたまいし方、に決めてしまった。

事ここに至って初めて、優しい一橋の学生とのことも考えてはみた。が、本人から具体的な話もないし、と打ち消した。

彼に自分の結婚のことを伝えると、彼のほうだけではなく、トシのほうも驚いた。

「商事会社に行くことになったんで、そろそろ正式に求婚しようと思ってた……」

ポツリ言うと、彼のもちまえの明るい目は、あの死んだ兄の目そのままに憂いに陰ったからだった——。

昭和十二年四月二十九日、二十二歳でトシは正と結婚した。池袋の式場、おきまりの神前結婚だった。トシ側の親族として実の姉夫婦——姉は少し前、那須烏山出身で、東京小金井で開業していた歯科医と結婚して東京にいた——、そしてあの叔母のマスが大田原から来てくれた。

――東野鉄道跡の遊歩道はとっくに切れ、日赤からの道の交叉点を渡ってしまい、軌道跡の延長は普通道となる。右は巨大な材木集積所、製材所、その長い塀について進み、ついで大きなスーパーの裏壁がくる。あの旧大田原駅の跡地である。足指の付根の痛みを踏みしめふみしめ、トシはなお歩いてゆく。

――中野の上高田で新婚生活は始った。毎日が淋しく、我ながらあきれた。あまりに受身だったと悔まれた。

夫は中学の数学教師の職務と法学の原稿書きにいそしみ、まじめなのはいいが仕事以外は酒の生活、あまりかまってくれない。たまにどこかに連れ出すかと思うと、トシの全く興味のないラグビーの試合だったりする。

淋しさは募り、当時東京の女学校に出てきていた下の妹のシズ、死んだマツの下の妹、によく遊びにきてもらったものだ。シズは大柄で弓道などやって活発だったが、マツの面影をよく残していた。「シズちゃん、来て」、よく寄宿舎に電話をかけたものだ。

ときおり、ふと、あの商大生と一緒になっていたら——などと考えることもあったが、さすがにすぐ打ち消して、ひとり苦笑したっけ……。

「ああいう優しげな好男子というのも、いざ結婚となると苦労が絶えないよ。わたしみたいに」

正との話に添えて母のふと漏らした言葉に特に影響されたわけではないが。

要は何も本気で自分で考えずに、与えられた定めに従うといった受身の姿勢、それがふっと悔まれるのだった。

最初の男の子が昭和十三年九月、生後すぐに死に、それから十六年に女の子、十八年に男の子をもうけた。

長女の生れた年の終り、太平洋戦争が始まり、男の子が生れて時を置かず夫は、もう法学の研究所に移っていて、そこから南方に軍属として派遣される。やがて母子の那須疎開、夫は生きて還り程なく私大の法学の教授になった……。

——今、昭和五十六年秋、六十六歳のトシは、眼科に入院する夫の元めざして、足指の付根の痛み踏みしめふみしめ、歩いてゆく。ロイド眼鏡を外されて川に投げこまれたあのコックスに見まがう夫の剥きだしの目をめざして——。

「——マッちゃん——お兄ちゃん……」

ふと唱える。

「——お母ちゃん——お母さん……」

この晩年にさしかかって初めて、実の母をほんとうの母として感じるかのようだった。

トシはなお歩いてゆく。

著者略歴

中嶋敬彦（なかじま・たかひこ）
1943 年東京に生まれる。
1965 年東京大学文学部独文学科卒業。
1975 年〜 2010 年東京芸術大学音楽学部に独語教員として勤務。
現在：東京芸術大学名誉教授。
著訳書:『塩川』『海にも終わりが来る』（作品社）、オペラ台本「ディオニュゾス」、
ムージル「少年テルレスの惑い」（共訳）など。
論文：「フォンターネにおけるレアリスム」、「戦記と恋愛小説」など。

東野《とうや》鉄道《てつどう》

二〇一七年一月一五日第一刷印刷
二〇一七年一月二〇日第一刷発行

著者 中嶋敬彦
装幀 小川惟久
発行者 和田肇
発行所 株式会社 作品社
〒一〇二-〇〇七二
東京都千代田区飯田橋二ノ七ノ四
電話 (〇三)三二六二-九七五三
FAX (〇三)三二六二-九七五七
http://www.sakuhinsha.com
振替 〇〇一六〇-三-二七一八三
印刷・製本 シナノ印刷㈱
本文組版 ㈲一企画

ISBN978-4-86182-618-4 C0093

塩川

人を形作る風土・思い出そして関係。会津の小都市＝塩川とそこに昭和を生きた平凡な男の時間と肖像を風土と共に描く涼やかな存在の形而上学。

中嶋敬彦

海にも終わりがくる

無垢な少年に潜む生きて在ることの原型！　敗戦直後の逗子で過ごした幼年時代。少年の孕む死と生と性の表象を通して存在の原型を見据える甘苦きウィタ・セクスアリス。